川沿いの家

千葉由紀子
Chiba Yukiko

北の街社

川沿いの家　目次

川沿いの家

望郷

　弥吉が体調を崩して寝付いてから五日が過ぎた。亡妻の七回忌の法要に供えられた団子を食べ過ぎて腹を壊したからだということは、自分でも解っていた。

「爺さま食い意地張ってるはんで」

「腹も身のうちだでばし、の」

　娘たちの揶揄する言葉が下腹に堪えたのは最初のうちだけで、やがて出るものが出尽くしてしまったら、体は楽になった。それと同時に、わが身とは思えない頼りなさを覚えた。寝床に横たわっているはずなのに、宙に浮いているような気がしてならない。食欲もない。そう、全くないのだ。

　何も食べたくないという感覚は、これまでの八十年近い人生で味わったことのないものだった。貧しい家に生まれ育った弥吉は、ずっと飢えと共に過ごしてきた。腹八分目と言うが、いつも五分か六分程度で諦めざるを得なかった。一度でいいから腹がくちくなるほどの大飯を喰らってみたいと思いながら大人になった。それなのに、何も食べたくない日が来るとは……。

昭和三十四年四月、世は数日後に迫った皇太子ご成婚に沸いていたが、弥吉の五体は終焉に向いつつあった。

弥吉は亡妻キヱとの間に三男二女を儲けたが、長男は生後半年も育たずに息を引き取り、翌年次男の健二郎が生まれた。四年後の二月に長女、その翌翌年、大正三年の正月に次女と続き、更に四年後の春に三男の正一が生まれた。その年はキヱの厄年だった。キヱの在所には「三十三で男児を産めば、それ以前に息子がいても行く行くはその子の世話になるから、大事に育てるように」との言い伝えがあるという。そう言って末息子を溺愛する妻を見ながら、そんな馬鹿げた話があるものか、と弥吉は思った。虚弱児の長男にこそ先立たれたが、次男の健二郎は無学な貧乏職人の倅とは思えないほど学校の成績がいい。何としても中学校まで行かせて勤め人にしたい。

弥吉の願いを裏切ることなく県立の中学校へ進み、卒業後は税務署に勤めた健二郎が死んだのは、十九の春のことだった。当時、死病と恐れられていた肺結核を患ってのことだった。自慢の息子を病魔に奪われた不幸は弥吉を打ちのめした。それに追討ちをかけるように、口さがない世間の声が聞えてくる。

「貧乏人のくせして、税務署だのさ勤めるはんで、罰当たったたんだべさ」

「んだ、んだ。払う銭こもねえくせして、人の金ば取るづ話、どごにあるもんだば」

他人の不幸を喜ぶ奴がいる。否、他人の不幸は恰好な噂話で痛快なのだと、弥吉は思い知らされた。

もし健二郎が生きていたら、どんな家庭を築いただろう。現在一緒に住んでいる正一の嫁や孫たちに重ねて、弥吉は想像してみた。生きていたら、五十を過ぎているはずだ。役所で偉くなって、もっと立派な家を建ててくれたかも知れない。そんな埒もないことを思いながらも、心に浮かぶ息子の姿は青年のままだ。

だが、仮に病に斃れなかったとしても、あの戦だ。正一は生まれながらの弱視で徴兵検査も不合格だったが、健二郎は肺病にかかる前は健康体だったから、赤紙一枚でどこぞに連れて行かれて殺されていたかも知れないのだ。遺骨の代わりに石ころ一つが届けられて、名誉の戦死とか何とか体よく言い含められて……。

思いはいつもそこで止まる。名前も知らない遠い国で犬みたいな殺され方をするよりは、畳の上で死んだ方がマシだったのだ、と。

「父っちゃ、何くだらねこと、考えでらんだ」

不意に若若しい男の声が聞えた。

「け、健二郎。おめ、生ぎでらんだが」

「生ぎでるもなんも、仕事忙しくてよ」

そうか、仕事が忙しくてしばらく家へ帰れなかっただけなのに、自分は死んだと思い込んでいたのか。それにしても久しぶりに会った息子の存在感の薄さは何としたことだろう。

「健二郎、飯は食ってらが。こっちゃきて、ちゃんと顔ッコ見せろ」

そう言っても寂しげな笑みを浮かべるだけだ。再び健二郎、と呼びかけようとしたが今度は声が出ない。そうしている間にも健二郎の姿はどんどん霞んで行く。このままでは消えていなくなってしまう。

「け、け、けんじ……」

声を振り絞り、手を伸ばしてみるが虚空を摑むばかりだ。

「――おじいちゃん」

遠くで誰かが呼んでいる。

「おじいちゃん、大丈夫ですか」

肩を揺すぶられて目を覚ますと正一の嫁の律子の心配そうな顔があった。夢だったのか

――。

夭逝した息子の夢を見たせいだろうか。脳裏に生まれ故郷の村が浮かんできた。日本海側の寂れた漁村である。その村から一家で津軽平野の真ん中の城下町に移り住んだのは、いくつの年だったろうか。記憶は定かではないが、幼少時を過ごした漁村に比べて、城下町は活気があり、何もかもが豊かに感じられた。

一番驚いたのは山の形だった。漁村では海の彼方に三角形が浮かぶように見えていた山が、城下町では三つの頂を擁して聳えているのだ。気候も穏やかだった。冬には相当の積雪があったが、浜風で下からも雪が吹きつけてくる漁村に比べれば、おとなしいものだった。

城下町の心地好さを語る弥吉に、安東水軍や北前船でにぎわったころの十三湊の話をしてくれたのは母だった。無論、母も実際に見たわけではない。先祖代代語り継がれてきた、繁栄と滅亡の物語なのだ。

母の話は興味深かったが、それは所詮昔話だと弥吉は思った。村人は滅亡のあとの荒廃した風景にしがみついて生きてきたのだ。その結果、弥吉の父親は時化の海に命を奪われた。それをきっかけに祖父は村を捨てて、祖母の出身地である城下町への転居を決めたのだった。大昔の栄耀栄華など、何の足しにもならないのだ。

「うっ」

不意に下腹が痛み、治まっていたはずの便意を催した。急いで起き上がろうとしたが力が入らない。もがいている弥吉に気づいた律子に助けられて体を起こしたものの、立ち上がることができない。這うようにして手洗いに行き、覚束ない足取りで戻ってくると、律子が言った。

「おしめを用意しましょうか」

「いらね」

「でも……」

「大丈夫だ」

この嫁に汚れ物の始末をさせてはならない、と弥吉は思う。せめて自分だけは、そういう面倒をかけたくない。いや、かけてはならないのだ、と。

六年前、妻のキヱが亡くなるまでの忸怩たる思いが蘇った。

キヱが脳卒中で倒れたのは二月の初めだった。立春は過ぎていたが、春は名のみで降雪も寒さも一番厳しい時期だった。そんな中、半身不随で寝たきりになってしまったキヱの下の世話一切は、当時身重の律子がした。市内に嫁いでいる次女は子供がいない気楽さから、毎日のように母親の様子を見にきたが、何一つ手伝おうとはしなかった。

降りしきる雪の中、律子が汚れものを入れたバケツを持って、家の前を流れる川へ下りてゆく。汚物を流したあと、勝手口で洗濯を始める。なかなか汚れが落ちないのだろう。洗濯板の上で幾度もゴシゴシやっている。六畳と四畳半の二間に台所と手洗いだけの狭い家だから、誰が何をしているかは気配だけで解るのだが、次女は薪ストーブの前にどっかり腰を下ろしたまま動こうとはしない。まもなく三歳になる孫娘の遊び相手をしているだけだ。

洗濯を終えた律子がストーブの回りにおしめを並べてゆく。律子の指先はあかぎれで血がにじんでいるが、次女は見て見ぬふりを決め込んでいる。ねぎらいの言葉一つかけない。いや、娘ばかりを責められない。それは弥吉自身も同じだった。苦労をかけて済まないという気持ちはあったが、口に出して言うのは男の沽券に関わることだった。

二月、三月と律子の手を煩わせたキヱは、四月の声を聞くと同時に往生した。五十日あまりの長患いだった。それから三カ月後、家の中の臭気がようやく抜けたころに律子は男の子を産んだ。死から生へ、一家の歴史は切り替わったのだった。その子が来年は小学校へ上がる。ランドセルを買ってやらねば……。そう思いながらも、弥吉の思いは家の前を流れる川へ向っていった。

「昔は船が上ってきたんだ」

それまで住んでいた借家から追立てをくったとき、県の役人になっていた正一は、借金をして自分の家を建てると言い出した。子供のころも、所帯を持ってからも、借家を転転としてきた弥吉にとって、家を持つなど夢みたいな話だった。

勤めがある正一に代わって、土地探しは弥吉の役目になった。あちらこちらと見て歩きながら、この場所に決めたのは、地主の古老から聞いた船の話が大きく作用していたのかも知れない。今更のように弥吉はそう思う。

生まれ故郷の村のことなど、それまで思い出しもしなかった。自分の意思ではないが捨ててきた村だ。貧しい漁村だ。母から昔話を聞かされても、戻りたいと思ったことなど、ただの一度もない。城下町の住民になりきっていたはずだ。この地で生まれたような顔をしていたはずだ。それなのに、川で繋がっていると聞いて懐かしさを覚えたのは、年を取ったせいだろうか。これが郷愁というものなのだろうか。

そうか。キヱの汚物も故郷の海が浄めてくれたのだ。

海へ戻ろう。

それは唐突に湧き上がってきた思いではなく、ずっと前から弥吉の胸底に眠っていた意識に違いなかった。家の前の川は岩木川に合流して大河となり、十三湖を経て日本海へと至る。それはちょうど弥吉が辿ってきた往路と対を為す帰路に等しい。

帰るのだ。役目を終えた鮭となって、母なる海へ。父母のもとへ。

背中を丸めて横向きになっていた体をそろそろと動かして、弥吉は仰向けになった。先刻の腹痛は治まっていた。今はどこも苦しくはない。静かに目を閉じる。心と体が少しずつ解放されてゆく。

「おじいちゃん」

呼んでいるのは律子だ。だが、もういい。何も案じることはない。あんたは正一には過ぎた嫁だった。口に出して礼を言えなかったのは、昔気質の年寄の頑なさというものだろう。それも今日で終りだから悪く思わないでほしい。派手な喧嘩もしたなあ。嫁のくせに舅より先に新聞を見るのはけしからんと怒鳴ったり……。

「おじちゃ」

おう、坊やか。もう一度頭をなでてやりたかったが、時間がなくなった。おかあちゃんの言うことをよく聞いて、いい子にしているんだぞ。泣き虫はやめろ。男の子なんだから。

ふう、と小さく息を吐いて弥吉はゆっくり川を下っていった。川幅がだんだん広くなり、いつの間にか岩木川に合流していた。更に進んで十三湖に入ると大勢の村人が弥吉を出迎えた。幼なじみの与市も作造もいる。泣きそうな顔で下を向いているのは、隣家のサヨだ。

「やきちィ――、よぐかえってきたなあ」

叫び声の中に老いた母がいる。若若しい父の姿もある。

海には弥吉の帰郷を寿ぐように、たくさんの荷を積んだ美しい船が並んでいた。これが話に聞いていた北前船か。見事なものだ。そう思ったとき船団は左右に分かれた。弥吉のために花道が作られたのだ。

早春の海はやわらかな陽射しを受けて輝いていた。その光に導かれて、弥吉の魂はふるさとの海へと吸い込まれて逝った。

川沿いの家

弘前駅中央口を出るとバス乗り場が広がっている。「3」と表示されたところから小栗山ゆきに乗る。バスターミナル前、上代官町、住吉入口と過ぎて四つ目に「富田三丁目」とアナウンスが流れる。月に二、三度この路線バスを利用しているにもかかわらず、柊子は毎回故郷に帰ってきたような懐かしさを覚えながら降車ボタンを押す。

富田大通りの景色はすっかり変わってしまったが、バス停前の整形外科と隣の理髪店は往時のままだ。バスの進行方向に十字路がある。信号が変わるのを待って反対側に渡る。角にあった米穀店は長い間閉まったままだったが、一昨年更地になった。そして昨秋から工事が始まり、今は道路の一部になっている。歩道と車道が区別されたので便利にはなったが、やがて人々はそこに米穀店があったことを忘れてしまうのだろう。

ふっと、来た方向に目をやる。駅ゆきのバス停は、現在は洋菓子店の前にあるが、遠い日、そこには佐々木洋服店の看板が立っていたのだ。硝子戸を開けると、仕事中の善蔵伯父が顔をあげて「しゅこちゃん」と呼んでくれた。奥からすみゑ伯母も出てきて、子供のいない夫婦は、いつも柊子を温かく迎えてくれたのだった。もう三十年も前、いや四十年、いやいやもっともっと昔の話だ——。

律子の嘆き

すみゑは鬼のような女でございます。いいえ、女などという言葉すら勿体ない。あの穀潰しのことは、ただ単に鬼と申しておきましょう。さようでございます。小姑鬼千匹の鬼、でございます。

わたくしが生まれ育った横浜市から、この地に参りましたのは、昭和二十一年十一月のことでございました。その前年、つまり敗戦の年の十月に病死した母の一周忌を済ませて、父と二人で北国ゆきの列車に乗ったのでございます。

結婚相手の北見正一とは、わたくしが戦地へ送った慰問袋が結んだ縁でございました。敗戦の翌年の六月に南方から復員した正一は、秋になって横浜の家へ訪ねて参りました。形ばかりの結納金を携えての求婚でございました。

相手の家のことなど何も知らないわたくしが、すんなりと乗せられてしまったのは、手紙が持つ魔力のせい、とでも申しましょうか。軍国娘が戦地の男に抱いた幻想だったに違いありません。

正一は正直に申しました。家は二間きりの借家で、水は井戸から汲んで使うのだと。でも、生まれたときから水道のある暮しをしていたわたくしは「井戸もいいなあ」と未知のものへの興味が湧いた程度で、事の重大さを全く理解していなかったのでございます。

婚礼が終り、父が帰った途端に、家族四人が一日に使う水を外の井戸から汲んでくる仕事は、当然のようにわたくしに割り当てられたのでした。北国の十一月、それがどんなに苛酷なことであったか……。

当時、正一には定職がなくて家でブラブラしていたのですが、わたくしに同情するどころか、姑の負担が軽くなったことを喜ぶ始末でした。春先になって、わたくしが舅に叱られながら、生まれて初めて鶴嘴というものを持たされて雪切りをしていても、姑と二人でぬくぬくと炬燵に入っている有様です。優しさとか思いやりとは、無縁の男だったのでございます。

そんなわたくしを密かに労ってくれたのが、すみゑの夫の善さんでした。紳士服の仕立てを生業とし、たいそう見事な腕前でしたが、戦後しばらくは古いものの仕立て直しがほとんどでございました。仕事は引きも切らず、いつしかわたくしも簡単なことは手伝うようになりました。

「わんつかだけども」

善さんがそう言って手間賃を握らせてくれたとき、わたくしはこの地へ来て、初めて正当に評価されたのだと嬉しくなりました。でも、そのあとで善さんは、

「ほかの人には言わなくていいから」

と、言い添えると、そそくさと立ち去ったのでございます。天涯孤独な善さんは、妻の身内の近くに住み、わがままな妻とその両親に無能呼ばわりされながら酷使されていたので、わたくしへの気遣いも、あるいは同病への憐みだったのかも知れません。

それにしても、いい腕を持ちながら、すみゑの着道楽や薬好き、医者通いのせいで、何の貯えもなく、その終焉に生活保護を受けなければならなかったなんて、あまりにも惨めでございます。

商才巧みな相弟子のN氏が、繁華街に手広く店を構え、後継者に恵まれ、卓越技能者の栄誉にまで浴したというのに、善さんは無名のまま逝ってしまった。わたくしは口惜しくてならないのでございます。

どうせなら、すみゑが死ねばよかったのです。あんな出来損ないのくたばり損ないを、

生かしておく必要が、どこにあるというのでございましょう。生活保護など税金の無駄遣いというもの。さっさと打ち切ってしまえばいいのです。襤褸にくるまっての野垂れ死にこそ、すみゑに最も相応しい死にざまと言うべきでしょう。

すみゑのつぶやき

わいはあ、せっかぐ来たんだもの。お茶ッコの一杯ぐらい飲んでいぎしなが。婆ひとりの暮しだはんで、ろぐだお菓子ッコも、ねえばって。

んだべのう。おらば鬼だってらべの。あのひとの気持ちからすれば、それも、仕方ねことだべの。したばって、おらにしてみれば、なして、そったらだことを言われねばまいねんだが、よぐ解らねのさ。

葬式のあと、すぐと墓さ埋めだのが、まいねったって、それはここの風習だもの。あだりめだべさ。だれだって、そうしてるでばし。のっ。

かみのほうだば、四十九日すぎないうち納骨しないみたいだけども、こっちでは土に還さねば成仏しねって、言われてるんだもの。骨壺から、毎晩げ魂ッコが、さまよい歩いているかと思えば、おらだって枕たかくして寝でいられねっきゃ。

熱いかまで焼かれたあと、おちつくひまもねえうちに、冷たい土の中さ埋めでまってかわいそうだ。鬼のすることだ。って、しゃべってるみたいだばって、所かわれば品かわる。郷にいっては郷にしたがえ、ずことで、いいかげん解ってけでもいいんでねべが。

あのひとは、いっつも自分がいちばん正しいのさ。たしかに、貧乏だ家さ生まれで、小学校しかいってねえおらど違って、都会の女学校を出はっただけあって、ものは覚べでるし、字もじょうずだ。器用だはんで、服はもちろん、たわしからお雛さままでつくった。和裁はでぎねって話であったけども、やらせでみれば、ふとんでも、はんちゃでも、ぱっぱど縫ってまる。障子だけでなく襖もはる。まきわりも雪囲いもする。

したばって、なんでもできるって、めごぐねえもんだねはあ。

おらだって、たまに覚べだふりしてみたいばって、なんも出る幕がねえのさ。へば、おもしろいはず、ねっきゃ。したはんで、ついつい、いらね口出しもしてしまうんだばって、それがあのひとに言わせれば、小姑鬼千匹の弟嫁いびり、ってことになるのさ。あのひとは、ていねいな言葉をつかいながら、腹のなかでは、おらだぢば見下してらんだっきゃ。

なんたって、いい家のお嬢さまだはんでの。父親つうひとが、小田原の在から横浜さ出はってきて、苦労して、会社で偉くなったんだつきゃ。広い庭のある、りっぱな家のほかに、何軒も借家ば持ってあったんだど。いなかの菩提寺さも、門だがなんだが寄付して、名前ッコも彫らさってるんだど。本家とは別に、自分の墓つくって、生きてるうちから戒名も決めだりして、たいした羽振りであったみたいだっきゃ。

うちのひとが、あのひとさ小遣い、けであったって。それは、ずっと昔のことだべ。なんも、のろけるわげでねえばって、うちのひとは、おらがいねば、なんもまいねひとだのさ。おらは生まれつき体が弱くて、はたちまでも生ぎるべがって、いつ死んでも、おがしぐねえみたいにいわれて育ったんでさね。うちのひととといっしょになってからも、医者さまだの、薬だの、切らしたことがねえべ。

てっきり、おらのほうが先に逝ぐもんだと思ってたけども、最後にうちのひとが入院して、ふたりで病院さ泊って、三度の食事の世話してもらって、なんだかホテルさでもいるんた気分であった。看護婦さんだぢも、若げえのに、もったいねくらい親切にしてけでの。

「まさか今ごろになって、すみゑの世話になると思わなかった」

って、うちのひとも笑ってあった。自分が病人のくせして、おらのことばし案じての。おらにしてみれば、五十何年いっしょにいで、やっと恩返しでぎだんたもんだべ。おかげさまで、なんも悔いがねっきゃ。

富田大通りと交叉する富士見町へ入る。この町名は昭和三十一年四月十日の改定により新しく生まれたものだ。当時は人家もまばらで、津軽富士・岩木山の雄姿を裾野の方まで見渡すことができたのかも知れないが、現在は家々の屋根の間から、中腹より上が見え隠れするだけだ。

緩やかな下り坂を進んでいくと、街の底に当る場所に踏切がある。踏切の右手が弘南鉄道大鰐線の弘高下駅だ。いつの間にか無人駅になってしまったホームに立つと、右手上方に青森県立弘前高校が望めるので、その縁でつけられた駅名だということは容易に察せられる。

踏切を越えると土淵川に架けられた津軽橋だ。その先は急な上りになるが、坂の手前で左折する。ここから次の寒沢橋までの川沿いの数百メートルを、俗に下川原と呼ぶ。道の半ばに郷土玩具として名高い鳩笛の窯元のT家がある。鳩笛を下川原焼というのも、この俗称に由来してのことだろう。

ここまで来ればわが家も同然だ、と思いながら柊子は坂と川沿いの道が交わる位置にあるコンビニに視線を向けた。五月下旬に開店したばかりだが、ずっと前からそこにあったような風情で街に溶け込んでいる。昨年までは産婦人科医院だったことを、人々は忘れかけている。三十年前は神さんという一家が住んでいたことを覚えている人はどれくらいいるのだろう。路傍に桜の木があって、花の季節には道路に伸びた枝が歓迎のアーチのように弧を描きながら花をつけていたことを知っている人は……。

「あるいは去年焼けて今年作れり。あるいは大家滅びて小家となる。住む人もこれに同じ。所も変わらず、人も多かれど、いにしへ見し人は、二、三十人が中に、わづかにひとりふたりなり」

われ知らず方丈記の一節を口ずさんでいた。

川沿いの家には、柊子が生後十カ月のときに越してきたという。借家から追い立てをくったので、借金をして土地を求めて家を建てたのだった。柊子の立場からすれば、気がついたとき、その家にいたということになる。六畳と四畳半の二間に台所と手洗いだけのささやかな住まい。そこに両親と祖父母の五人家族だから、恵まれた環境とは言い難い。が、昼でも暗い借家を出てわが家を得た母は、陽当りがよくて嬉しかったと常々語っていた。それ以上に戸外の井戸からの水汲みから解放された安堵感が大きかったのではないだろうか。

この家で母は祖母を看取り、弟の文生を産み、祖父を見送った。家族構成が変わるにつれて、家も少しずつ形を変えていった。子供部屋を建増しし、次いで浴室ができた。県職員の父がむつ市、鰺ヶ沢町、十和田市など通勤できないところへ異動したときも、母は柊子や文生と共にこの家に留まった。家を建てたのは父だが家に対する思い入れは母の方が勝っていたはずだ。

律子の嘆き

すみゑは初めから鬼でございました。

脳出血で倒れ、寝たきりだった父の訃を告げる電報が届いたのは、八月中旬の月曜日の早朝でございました。わたくしの嘆きをよそに、正一と舅は何やらボソボソ話し合っておりました。やがて正一はわたくしに声をかけることもなく出勤し、舅も朝食後にふらりと出かけてしまいました。小学三年の柊子と幼稚園児の文生は夏休みで家におりました。まもなく舅はすみゑを伴って帰って参りました。家に上がり込むなり、すみゑは断じるように言いました。

「死んだ者は仕方ね」

思いも寄らない言葉に、わたくしは言い返す気力も失せて、呆然とすみゑの口許を凝視してしまいました。

十二年前の婚礼の折、わたくしに付き添って、この最果ての地へ足を運んだ父に、悔やみの一言すらなかったのでございます。滅多に他人に頭を下げたりしない父が、正一の身内の一人一人に「律子をよろしくお願いします」と、深々お辞儀していた姿が、わたくしの脳裡に焼きついております。

父が床に就いていた二年あまり、わたくしはただの一度も見舞いに行かせてもらえませんでした。それなのに最後の別れの場へも行ってはいけないと言うのでしょうか。

正一は出張で上京した折には、当然のように父の家に泊りました。田舎者の厚かましさとでも申しましょうか。自分だけではなく、顔が利く宿泊所として同僚を伴ったことも一度ならずございました。設備の整ったビジネスホテルなどない時代でしたから、首都圏に泊る家があることは立場上も好都合だったはずです。それなのに、利用するだけ利用しておいて、死ねば知らんふりとは、あまりにも薄情ではございませんか。

自分で行かないだけではなく、わたくしをも行かせたくないのは、女手がなければ家事をする者がいなくて不便だからなのでしょう。姑が倒れたときは下の世話一切を身重のわたくしに押しつけておきながら、何という身勝手な人たちなのでしょう。妻の身内、それもほかならぬ岳父の不幸に際したら、何を置いても親子四人で弔いにおもむくのが、人としての誠であり、世間の常識ではございますまいか。

二度と戻らない覚悟で、子供たちと共に上京しようかとも考えましたが、一人ならともかく二人の子を抱えての、この先の生活の難しさを思い諦めました。婚家の人々の薄情を告げることも憚られ、すべてを少し前に起きた集中豪雨のせいにして涙を飲んだのでございます。

横浜では弟妹や親戚の人たちが、わたくしが着くまではと遺体を焼かずにいたという話を、のちに知らされ、わたくしはわが身の親不孝を亡き父に幾重にも詫びたのでございました。その一方でいきなり「チチシス」の電報が届いたことを怨めしくも思いました。たとえ死後であっても、最初の電文は「キトク」と打つべきだと。

その翌年の四月は姑の七回忌でしたが、供物として用意した餅を食べ過ぎたのか、舅はお腹をこわし、それがもとで起きられなくなってしまいました。そうして寝込んで六日目、あっけなく息を引き取ったのでございます。電話のある家などほとんどない時代でしたので、近所の方々が正一の職場とすみゑの家に報せに走ってくれました。駆けつけたすみゑは亡骸にすがりつき、貧乏をしていると親の死に目にも会えない、と号泣したのでございます。

笑わせるじゃありませんか。死んだ者は仕方がないと、わたくしは心の中で叫んでやりましたよ。

すみゑのつぶやき

わいはあ、いまごろになって、そうした話するんだべの。子供二人もつれでいがれねってことは、一人だけだばつれでいげるってことだんだべ。へば、一人置いていけばいがったでばし。

あのひとは、なにがってば、おらさ柊子ちゃんをあずげで、文生ちゃんと出かけていたんだもの。それがあのひとのやりかただもの。おらさ負げだふりだのしないで、葬式さでもなんさでも、いげばいがったのさ。

たしか実家のおとうさんが亡くなった次の年の秋だと思うけど、文生ちゃんの幼稚園のバス遠足があって親子で浅虫さいくことになったのさ。小学校では、ちょうど創立十周年の記念日で、お祝いの式をやって、紅白のお菓子ッコもらって、子供たちは昼前に下校になる。それで柊子ちゃんをあずかることになったのさ。学校からおら家まで、子供の足だば三十分近くもかかる。自分の家さ帰るのに比べれば二倍のみちのりだ。道路は一本で、最後に富田大通り沿いに、おら家があるほうさ曲がるだけだから、迷うことはねえし、いまみたいに車の多い時代ではなかったけども、初めて一人で歩いたもんだはんで、緊張したんだべの。まっかな顔してはいってきて、「おばちゃん」って言ったきり、ペタンとすわりこんでしまった。

　幼稚園の遠足がなければ、いつもより早く家さ帰って「おかあさん、ただいま」って、お菓子ッコ見せて、にこにこしていたんだべと思ったら、不憫でのう。

　柊子ちゃんは、おらさ顔が似てるせいで、あのひとに疎まれていたみたいだけども、子供はほんとは母親が、いちばんだのさ。それだのに、一人だけ置いで一泊旅行に行ったりして、あぎれでまるっきゃ。あれっ、この話ッコ知らねんだが。へば、知かへるが。

　柊子ちゃんが中学一年のときだおん。国鉄九十周年とかって、家族の年を足して九十になる人たちを、もみじの天童さご招待、というのがあったのさ。そのころ正一は下北に単身赴任していて、週末に弘前の家さ帰ってくるときに、駅でポスターば見たんだと。なんとなく数えてみる。自分が四十四、妻のあのひとは誕生日前で三十七。合わせて八十一。おっ、文生がちょうど九つだ。

　その場で応募したのが、運よくあだったもんだはんで、大喜びで娘ば捨てて親子三人で出かけていったのさ。正一は男だから、あとさき考えずにやったんだべけど、母親は違うべ。二人いる子供のうち一人だけ置いて両親が遊びにいぐだのって、どこの世界の話だして。ふつうだば考えられねえよ。九十歳の中には、婆さまど孫二人という組み合わせもあったみたいで、それだば解らねこともねえけど、の。

次の年、柊子ちゃんが盲腸の手術をしたときもだ。富田大通りの、おら家と反対側にあった後藤外科という医者さまでの。手術した日は、家族がひと晩げ、つがねばまいねんだけども、あのひとは、それもおらに頼んだのさ。子供がいちばん心細いときに、の。

いまだば考えられねことだけども、当時は中学生でまだ子供だはんでって、中年男ばかりの病室さ入れられでの。次の朝「ガスは出たか」だのって医者さまさ訊かれて。女の子だもの、めぐせでばし。そういうとき母親にそばにいてもらいたかったと思うよ。

文生ちゃんも四年生になってらんだし、次の日は日曜日で学校は休みだもの。おら家さ文生ちゃんをあずけて、自分が柊子ちゃんのそばにいてやるのが、ほんとでねがして。それが母親というもんでねがして。

そうしたことばししてるはんで、とうとう柊子ちゃんも我慢できなくなったんだべの。高校生になってから学校さいがれねぐなってしまったのさ。朝起きれば胸が苦しい。頭が痛い。吐き気がする。近所の医者さまが肋間神経痛だのって、もっともらしい病名をつけでけだばって、あれはいまで言う登校拒否だべさ。

家の前まできた。石段を三つ上ると玄関だが、通せんぼするように蜘蛛の巣がかかっている。巣の中央には女郎蜘蛛が陣取っていた。ここは私の家だ。そんな思いと共に柊子は巣を払いのけた。母の死後、この家を相続することになったとき、柊子に深い考えがあったわけではない。

その昔、まだ小学生の柊子に母は言ったものだ。この家は弟の文生が継ぐのだから、半分の権利を主張したりしないで欲しい、と。それは祖父の死後、遺された貯金通帳をめぐって大騒ぎした父の同胞の浅ましい姿を目の当りにした母の戒めでもあったのだろう。だが、文生は東京の私大へ進み、そのまま首都で就職した。大学の同級生と結婚し、郊外の団地に住んでいたが、一人息子が高校生のときに首都近郊にマンションを購入した。それは故郷には戻らないという宣言に等しいことだった。

その文生が別荘として活用するのなら、柊子に異存はなかった。だが、文生にその気持ちはなく、母の一周忌が済んだら処分するつもりだという。

しかし、住宅街とはいえ、三十坪足らずの土地に買い手はつかないだろう。敷地いっぱいに建っている二階家は四ＬＤＫと部屋数はあるものの、あちこちガタがきていて、そのままでは人に貸すこともできない。

「駐車場くらいにしかならないな」

文生がそう言ったとき、柊子の心は「否」と叫んでいた。

元来この場所は地主のT家のごみ捨て場で巨大な穴があいていたという。ここしか売れないと言われて、穴に大きな石を埋めて整地したという。おかげで少々の地震ではびくともしない頑丈な地盤になったのだ。その土地を柊子は駐車場などにしたくなかった。

文生との話し合いの末、土地家屋、それに家の中にあるガラクタなど負の遺産も含めた一切を柊子が相続することになったのだった。この家は文生に継がせると断言していた泉下の母は、ことの成行きをどんな気持ちでながめていただろうか。

律子の嘆き

文生から早稲田大学を受験したいと打ち明けられたとき、わたくしは何とか、その願いを叶えてやりたいと思いました。早稲田は二歳年長の兄が密かに憧れていた学校でございました。一方父は、秀才の兄に過大な期待を寄せ、一高から帝大へのエリートコースを歩ませたいと目論んでいたのでございます。

でも、兄は自分の理想を貫くことも、また親の意に従うこともなく、十七歳で亡くなりました。当時死病と恐れられていた肺結核を患ってのことでございました。

わたくしどもの家庭は何の財産もなく、公務員の正一の稼ぎだけが頼りのつましい暮しですから、大学は地元の弘前大学というのが親子の間の暗黙の了解事項でした。が、文生の希望に亡兄の思い出が重なり、わたくしは何としても文生を早稲田へ行かせてやりたいと考えるようになりました。ちょうど家を建てたときの借金も払い終え、いくらか家計にゆとりもできました。文生の成績も申し分ありません。問題はただ一つ。正一をどうやって説得するかです。わたくしが頭を悩ましていると、柊子が軽い調子で言いました。

「お父さんが反対したら、わたしが働いて行かせてあげる」

わたくしは驚いて柊子を叱りつけました。何という恐ろしいことを言うのでしょう。姉などの世話になったら、そのつけは一生ついて回るのです。

古い話になりますが、勉強嫌いの正一は小学校だけで学業を終えるつもりだったそうです。それを長姉のしづが、男は中等学校くらい行かなければ駄目だと説き伏せ、甲斐性なしの親の代わりに、賃仕事の縫い物をして県立の工業学校へ行かせてくれたのだそうです。それで済めば弟思いの姉の美談ということにもなりましょうが、後年、しづはその日暮しの苦しさからか、見返りを要求してきたのでございます。北見の血が濃い柊子が同じことをしないという保障はどこにもございません。文生に正一の轍を踏ませてなるものですか。

すみゑのつぶやき

なんも。ほんとうは柊子ちゃんも東京の大学さ行きたかったんでさね。小さいときから本コが好ぎでの。高校で図書委員になって、本の分類だの、お知らせのガリ切りだのしてるうちに、大人になったら図書館で働きたいって、思うようになったんだびょん。東京には図書館で仕事をする人のための養成所みたいな短大があったんだけども、国立だはんで難しいんだべさ。

前にもしゃべったと思うけど、柊子ちゃんは高校二年のときに登校拒否して、すっかり勉強が遅れてしまったのさ。英語も数学もでぎねんだば国立は無理だべ。それで自分でも入れそうな学校をさがしたら、二つくらいあったみたいだのさ。受験科目は国語と社会と作文。それだばなんとかなりそうだと思ったんだびょん。あのひとに相談したら、ろぐに話も聞がねで、まいねって言われたみたいだ。

親元をはなれて苦労させたくないだのって、いいんた理由つけでの。苦労するかどうかは本人の問題だもの。受けるだけ受けさせでやればいいでばし。落ちたらあきらめもつくし、受かったらどうするかは受かってから考えればいいんだもの。

要するに、あのひとは柊子ちゃんのためにお金を使いたくなかったんだべさ。おらさ似てるはんで、めごぐねんだべさ。自分が捨ててきた花の都の女子大生にだの、したくなかったんだべさ。それだけの話だよ。


一周忌を終えてから柊子は不用品を整理し、家をリフォームすることにした。壁紙と天井を張り替え、度重なる増改築で段差の出た部分をバリアフリーにし、各部屋の窓枠と玄関のドアを交換する。台所はＩＨにする。

そんな要望を聞きながら、業者は柊子が思いもしなかったことを口にした。階段やトイレに手すりをつけなくていいのかと言う。言われて初めて、柊子は自分もまた老いてゆくのだと気づかされた。

当初の予算をオーバーしたものの、改築費用は遺産で賄うことができた。

「せっかくもらったのに」

柊子の話を聞いて文生は憐れむようにそう言ったが、親の遺したお金だからこそ、柊子は親の意に添う使い方をしたかったのだ。

リフォーム後の家の玄関と仏壇には両親の写真を立てかけてある。季節に合わせて母が大切にしていた絵や書を飾り、遺された花たちの手入れをする。

庭の雑草を抜きながら、柊子は来し方に思いを馳せた。弘前に生まれ、弘前に育ち、結婚後も夫の転勤に合わせて、五所川原、黒石と転居したあと、本籍地の青森市に落ち着いた。つまり津軽以外の地には住民票を置いたことがないのに、柊子は津軽人になりきれない部分を抱えている。どこか醒めた眼で、この地を見ている。それが生きていくうえでプラスなのかマイナスなのか解らないまま六十余年が過ぎ、今年度中に高齢者の仲間入りをするのだ。

私の体の中では、いつも土着民と異邦人の血が綱引きをしているようだ、と柊子は思う。それを身近な人に当てはめてみると、母と伯母の諍いということになる。あの二人は閻魔大王の前でも不毛の繰り言を並べたてているのだろうか。

富田大通りから富士見町を経て下川原へ至る道を、母も伯母も様々な心模様を抱えて歩いたことだろう。あるときは逆巻く怒濤と向き合いながら……。あるときは暴風雨に薙ぎ倒されそうになりながら……。それは回想する柊子自身の思いでもある。

ふと、あとどれくらいこの道を通って来られるだろうか、と考える。人は必ず死ぬ。柊子の残り時間も決して多くはないはずだ。だが、思うまい。川沿いの家に泊り、一番電車の響きで目覚め、窓を開けて川音に耳を傾けていると、ここがほんとうの居場所、との思いが満ちてくる。文生は大学進学のため十八歳でこの家を離れたが、柊子は結婚する二十四歳まで留め置かれたのだ。

「この家に住むのも親孝行のうちだよ」

亡母と同い年の隣家のおばさんの言葉が身にしみる。

「家は喜んでいるんだろうな」

リフォーム後に訪ねてきた文生は複雑な表情を浮かべてそう言った。

父母の家は少しずつ柊子の色に染まり、柊子の城になってゆく。今はこの家にくること自体が柊子の趣味と言っていい。もうしばらく健康で、この家に淫していたい。それが、さしあたっての柊子の願いである。

白髪

緑川ハツの自慢は、老いてなお変わらぬ黒髪であった。古稀を過ぎて四年になるのに、白髪はまだ一本もない。若いころに比べれば、幾分色褪せて、つややかさに欠けるが、同世代はもとより、四十代、五十代の女たちにも、引けは取らないつもりである。

「三十代の人にはかなわねけども……」

日ごろからそう思っていただけに、年末に一年ぶりで帰省した三男の嫁の後頭部に、白く光るひとすじを見つけたときは、ついついはしゃいだ言い方をしてしまったのだった。

「さやかさん、あんだもとうとう白髪が出はってきたでばし」

十月末に三十代最後の誕生日を迎えたさやかは、くるりと振り向くと、こともなげに言った。

「おかあさま、白髪は老齢のしるしにあらず、叡智のあかしなり。って申しますのよ」

ハツの三人の息子のうち上の二人は地元の国立大学を出たが、末っ子の夏樹は東京の私立大学へ進んだ。さやかはその時の同級生である。卒業後、夏樹は出版社へ就職したが、さやかは大学院へ進み、今は女子ばかりの短大で教鞭をとっている。

「それ、なんだべ」

冷静な口調にたじろいだハツは、無防備に訊ねた。

「古代ギリシャの哲学者の言葉ですわ」

それだけ言うと、さやかは何事もなかったかのようにトントンと包丁を動かした。

大晦日の台所である。同居している長男の嫁に、都会からきた三男の嫁が手伝って年越の支度をしている。まもなくそこに、市内に住む次男の嫁も加わるはずだ。嫁たちは育った環境も学歴も年齢も違うが、たいそう仲が良い。ハツは幸せな姑と言って良かった。

新しい年が明けて二週目の水曜日の午後、ハツは新年会に出かけた。東雲会と言って、三十年も続いている趣味の仲間の会である。一時は三十数名に及んだ会員が寄る年波とともに脱けて、今は総勢十二名。物故者のほかに、寝たきりや痴呆状態の人もいるという。まずは健康な身に感謝して乾杯のグラスを掲げ、料理をつつきながら、お決まりの子や孫の自慢話が始まった。

ひとしきり話に花を咲かせたあと、会のボス的存在である西川静枝が、ハツに目を据えると出し抜けに言った。

「緑川さん、あんだ、その年して髪まっくろだのって、まるで化け物だけんたの」

皆が一斉にハツを見、深くうなずいた。

「旦那さんも息子も嫁ッコも、みんないい人ばっかりだはんで、なんも苦労がないんだべさ。したはんで、いつまでも若ゲくていられるんですね。なんぼ幸せだ人だがさ」

「そう言えば嫁さまは年の割に白髪が多いんたねはぁ。まだ五十前ですべ。ははぁ、嫁さまひとりコして、気ィ遣っててらんだべ」

長い付き合いで遠慮のない間柄だから、悪意がないことは解っている。そしてハツ自身、常々家族に感謝しているのだが、四方八方から同じ言葉を浴びせられると、それは凶器の役目をはたした。

「化け物みたいだと」

「嫁ッコばし苦労してるんだと」

帰りの道々、ハツは皆から言われた言葉を反芻しては、落ち込んでいった。ついこの間までは、人もうらやむ黒髪だったのに、なぜ急にこうなってしまったのだろう。

長男の嫁道代は四十六歳だが、ほぼ半分が白髪である。頭だけ見ていると自分と逆のようで、ハツは何やら居心地が悪い。だから再三白髪染めを奨めているのだが、平素はおとなしい道代が、この件に関しては自然に任せたいの一点張りで、譲らないのだった。

ハツは初めて、人と違い過ぎる不幸を思った。顔はどんなに手入れをしても、シミが浮き、シワも充分過ぎるほど刻まれて、年齢を如実に表しているのに、髪だけが老けないのだ。鬱々と楽しまない気分で歩いているうちに、本屋さんの前まできていた。

「白髪は叡智のあかしなりって申しますのよ」

大晦日のさやかの言葉が脳裡によみがえり、ハツは吸い込まれるように書店のドアを押した。

入ってすぐの所には、雑誌や趣味の本が置かれている。これまでハツが本屋さんにくるときは、大体その一角で用が足りていた。だが今日は気分も新たに奥へ進む。

まんなかにカウンターがあり、その先には新刊やベストセラーが平積みになっている。更にいくと、多岐多彩な分野の本が所狭しと並んでいる。ここにくればどんな難題でも解決してくれそうな趣である。

ひとまわりしたところで、ハツは「日本語相談」という本を手に取った。それは一般の人々からの日本語に関する問いに四人の回答者が答える形で構成されていた。頭のトレーニングには、もってこいだ。ハツはその本を包んで貰うと、意気揚々とバス停に向った。

定刻より少し遅れてやってきたバスが動き出して間もなくだった。後ろの方から不意討ちのような会話が聞こえてきた。

「顔見ればしわくちゃ婆のくせに、髪ばかりまっくろに染めて」

「おまけに美容院で妙にふくらませてくるから、やたら頭デッカチでね」

ハツは思わず頭に手をやった。彼女はまさしく、そういう重たげな髪型をしていたのだった。見知らぬ人が、見知らぬ婆さんをこきおろしているのだと解っていても、ハツの心中は穏やかではなかった。

悄然としてわが家に辿り着くと、長男一家の団欒が塀の外まで弾けていた。孫たちの談笑に交じって、ハツの前では、およそ感情をむき出しにしたことがない道代の華やいだ声が聞こえてくる。それを受けて、

「んだ、んだ。道代の料理が一番だ」

と応じた声は、息子ではなく夫であった。

家の内も外も道代を中心に回っているのか。ハツはやりきれない思いで玄関の戸をあけた。まっ先に出てきて「おかえりなさい」と声をかけたのは道代だったが、ハツは返事もせずに自分の部屋に引っ込んだ。

「どうしたんだ」

様子を見にきた夫に、ハツは新年会の出来事を語った。

「言いたい奴には言わせておけばいい」

夫はそう言ったきりだった。ハツがこの半日、どんなに傷つき辛い思いをしたか考えようともしない態度だった。もしも娘がいたなら、親身になって話を聞いてくれたかも知れないのに。そう思うハツは孤独であった。

雪が深くなるにつれて、ハツの孤独も深まっていった。白髪染めがあるのだから、黒髪染めもあるかも知れない、とマーケットを探してみたが見当たらない。行きつけの美容院で相談すると茶色く染めるように勧められた。堅さがとれてソフトな感じになるという。しかし「身体髪膚これを父母に受く」の教えが邪魔をして踏み切れない。八方ふさがりのまま、季節は少しずつ移っていった。

その日、夫は町内会の有志とともに浅所へ出かけた。渡りの準備を始めた白鳥を見て、一句ひねり、帰りは温泉につかって英気を養おうという企画である。吟行とは名ばかりの遊山だから本来なら夫婦で参加するのだが、例の新年会以来、ハツは人が集まるところへ行くのが億劫になってしまったのだった。

嫁と姑の簡単な昼食を終え、道代は友人の病気見舞いに出かけた。

早春の、穏やかな午後だった。

家族が出払って、にわかに広くなった家で、ハツの心が開放感に弾んでいたのも、季節と時間のたくらみだったのかも知れない。

台所から居間、床の間のついた奥の客間と家の中を見て回り、ハツは夫婦の部屋に戻った。南の窓にかかっているレースのカーテンを勢いよく払うと、春のことぶれのやわらかな陽射しが静かに入ってきた。その光に誘われて、ハツは窓の横の鏡台の前に坐った。

亡き母が背中まであったハツの髪を、毎朝おさげに編んでくれた女学生時代のことが、なつかしく思い出された。記憶に甘えるように、ハツは髪をまん中から分けてみた。

「久方のォ光のどけき春の日にィ……」

その昔、自分の取り札に決めていた百人一首の歌を口ずさみながら、鏡の中を覗き込む。チカッと光るものがハツの視界をよぎった。錯覚かといぶかりながら、ハツはいったん鏡に近づき、また離れた。片手で分け目を押え、慎重に老眼鏡をかける。

確かに白髪だった。ハツは周りの毛髪をなでつけ、白く輝く一本を独立させると、指先に力をこめた。見事な銀髪である。ようやく人並になったという感慨がハツの心を満たし、これまでの白髪とのかかわりが、いちどきに思い出された。

「一本抜けば三倍に増えるんだはんで」

そう言って、白髪を抜いてあげようとしたハツの手を逃れたのは誰だったろう。母か叔母か、それとも姉たちだったろうか。いずれにしても今は亡き人々である。

そうか――。ハツの瞳が老眼鏡の奥で燃えた。一本抜けば三本に増えるなら、三本は九本、九本は二十七本になる勘定だ。そうやって三倍が三倍を呼び、どんどん増やしていけばいいのだ。

無雑作に分け目を変えて、ハツは新たに三本の白髪を抜いた。狙いを定めて筋立を入れると、思いがけないほど沢山の白髪が見つかった。

早春の午後、ゆったり流れる時間の中で、ハツは自らの頭と格闘していた。地肌はピンク色に染まっている。光の角度によって白く見える毛まで抜いていることにも気づかない。憑かれたようにハツの指先だけが動いていた。

あらたまの

外は雪になったのだろうか。先程まで明るんでいた障子が翳り、部屋の隅々に淀んでいた薄墨色が、にわかな広がりとなって押し寄せてきた。手許が暗くなる。

「仕方ないわね」

茜は磨っていた墨を置くと、「よいしょ」と声を弾ませて立ち上がり、蛍光灯をつけた。立ったついでに廊下に出て、裏の家の様子を窺う。

静かだ。どうやら年末から泊まり込んで、昼夜の区別もなくどんちゃん騒ぎをしていた連中は、帰ったらしい。

「全く、他人の迷惑なんて考えもしないんだから」

吐き捨てるように呟くと、茜は大きなゴミ袋がいくつも積み上げられている勝手口を、にらみつけた。

栗林夫妻が、わずか三十五坪の土地を求めて小さな家を建て、引っ越してきたのは昭和二十六年一月のことである。夫婦と生後十カ月の娘、夫の両親の五人家族だった。六畳と四畳半の二間きりの家は充分とは言えなかったが、日中も陽が射さず、手洗いも井戸も共同だった借家に比べれば、別天地であった。

翌々年の二月、姑が脳卒中で倒れ、寝たきりになって二カ月後に逝った。それから三カ月後に息子が生まれ、六年後に舅を見送った。

家の方は子供部屋を建て増しし、浴室を作り、二階を上げた。

県職員の夫は転勤が多く、県内隈なく回って単身赴任も三度経験したが、その間、妻の茜は苦しい家計をやりくりしながら、家と子供たちを守ってきた。やがて息子は東京の大学へ進み、娘も結婚して家を離れた。

つぎはぎだらけの家は、昭和五十三年に大幅に増改築し、玄関わきの六畳の和室が茜の部屋になった。

この地に居を定めてから四十六年、子供たちが巣立ってから二十二年が経つ。ささやかな年金生活だが、多くを望まなければ、まあまあ自適の暮しと言っていいだろう。

ＪＲの電車で一時間ほどの位置に娘夫婦と孫三人が住み、都心の会社に勤める息子は横浜市郊外の団地に一家を構えている。ふたりとも折に触れて両親を気遣ってはくれるが、この正月の訪問客はなかった。

娘のところは受験生ばかりなので、正月どころではないと言ってきた。

息子の方は、年末年始の混乱の合間をぬって元日の夜に帰省するのが、数年来の習いになっていたが、間の悪いことに、年末にギックリ腰に見舞われ、急遽とりやめになってしまったのである。

茜は暮れのうちにお年玉を送り、孫たちの喜ぶ声を聴いたのだが、電話が切れたあとの静寂に、泣きたくなるような虚しさを覚えた。どちらも仕方がないことだと頭では解っているのだが、他家のにぎわいを連日連夜見せつけられると、やり場のない憤りがたぎってくるのだった。

だが、客人が帰ってしまえば、何処も同じ隙間風。あちらもこちらも、元来の老夫婦だけの日々が過ぎてゆくことになる。

「宴のあと、結局、ゴミだけが残ったわけよ」

茜は皮肉な笑みを浮かべたまま、部屋に戻ろうとして、何気なく玄関を見た。いつの間にか年賀状が届いている。

指先で厚みを測りながら、文机の前に坐ると、茜は老眼鏡をかけ、輪ゴムをはずした。

表書きを見ただけで、差出人の見当はつく。一番上にのっかっているのは、四国に住むペンフレンドからのものだ。

『今年こそ会いたいですね。東京あたりで』

埼玉県に娘がいる彼女は、昨年も同じようなことを書いてきたが、実現しないままに一年が過ぎてしまったのだ。

次は相模原市の姪。六年前に急逝した妹の娘で、年々妹の筆跡に似てくる。そう思うだけで、茜の目頭は熱くなった。

息子夫婦は合作で、息子がワープロを打った余白に、妻の陽子が添え書きをしている。

『お正月には帰れなくて申し訳ありません』

「いいのよ、陽子さん」

声に出して言うと、自分が物分りのいい姑を演じているのが、よく解る。茜は奥歯を噛みしめた。鼻の中がむずがゆい。

ひととおり賀状を読み終えた茜は、再び墨を磨り始めた。せめて年賀状くらい毛筆で書きたいと、老後の楽しみに始めた書道だが、いつの頃からか、社中展に出品したものに値がついたり、色紙を頼まれたりするようになっていた。

筆に墨を含ませ、墨色を見ていると、卓上の電話が鳴った。

「どうしてた」

型通りに安否を訊ねる声は娘である。

「さっき年賀状がきてね、陽子さんが帰れなくて申し訳ありませんだって。そんなこと、気にしなくていいのに」

「えっ、今ごろきたの。わたしのところには、一日に届いたけど……」

「あら、そう」

茜は不快さを隠そうともせずに、そっけない返事をした。

「お正月にはくるつもりだったから、そっちには最初は書かなかったかもね。今は消印がないから、いつ出したのか解んないけどさ」

娘は息子夫婦をかばうようにそう言ったが、茜は話題を変えて、そちらは皆変わりがないかと訊いた。

「きょうから私大の願書受付が始まったでしょ。朝から大騒ぎですよ」

「私大も受けるの」

「仕方がないじゃない。二浪ってわけには行かないもの。浪人は辛いよぉ。親も子も」

娘の長男は、昨年首都圏の国立大学の受験に失敗し、市内の予備校に通っている。

「いまどき大学浪人なんて珍しくもないから春にはそれなりに夢も希望もあるわけよ。なにはともあれ手つかずの一年を貰って、また初めからやり直せるんだし、仲間も割といる。最初のうちは現役に比べて、模試の成績もいい。で、つい浪人であることを忘れて油断する。ところが、夏が過ぎて秋になる頃には、現役もかなり力をつけてくるから、どんどん追い越される。予備校の中には落伍者も出てくる。それなのに、後輩の推薦入学が内定した、なんて噂も聞こえてくる。そうすると荒野に立つは我ひとり。また落ちるんじゃないか、という焦りが出てくるんですなあ」

娘はまるで他人事のように、浪人生の心理を説き明かした。おまけに今年は、高校を受験する男女の双子がいる。三つ違いは受験が重なって大変だからと、家族計画を立てて四年の間をあけたのに、思いがけず双子が授かり、更に計算が狂って長男が浪人したので、娘は三人の受験生をかかえる破目に陥ってしまったのだ。

年明け早々から私立大学の出願。大学入試センター試験。それを自己採点したものを、大手の予備校などに送って判定して貰い、その結果によって国公立の二次出願。

二月に入ると私大の入試が始まり、一週間から十日後に合格発表。場合によっては入学金納入。二月下旬に国公立前期の二次試験。三月上旬合格発表、と続く。

その一方で、出身高校へ調査書を依頼したり、切符や宿泊所の手配もある。それらは大抵本人にやらせているが、そのたびにお金が出ていく。

中学三年生ふたりの志望校は決まっているが、一月末には願書押印、受験料納入などで中学校へも出向かなければならない。

「お金も体も忙しくてね。悪いけど、みんな決まるまで、そっちには行けそうもないわ」

娘はそう言って電話を切った。

私立大学の受験料は三万円から三万五千円だから、三校受ければ受験料だけで十万円が飛ぶ。

「やれやれ大変だこと」

茜は大きな溜息をついた。聴いているだけで疲れてしまった。受験生がひとりいるだけで、正月などどこかへ行ってしまいそうだ。

数日後、回覧板を持ってきた裏の家の主婦は熱に潤んだような目をしていた。茜が理由を訊ねると、彼女は力なく微笑して言った。

「みんなが帰ってしまったら、なんだか気が抜けたみたいで、風邪を引いて三日も寝てしまったんですよ」

なるほど、それでゴミ袋がいつまでも積み上げられたままなのか。しかしこの人の夫は何も手伝わないのだろうか。茜の家ではゴミ出しは夫の仕事なのに……。

茜がそう言うと、その人は苦いものを吐き出すように、喋り始めた。

「ゴミを出して貰うなんてとんでもない。うちの人はわたしが三十八度の熱があって寝ていても、時分どきになれば枕もとに立ってメシはまだか。おれを餓死させるつもりかって、足踏みしながら吠えるんですから」

茜は返す言葉がなかった。茜の夫は汽車通勤や単身赴任の影響で、朝はずっとパン食である。茜が起きなければ、自分で食パンを焼いてジャムを塗り、ミルクを温め、ハムや卵など適当に見繕って済ませてしまう。

週に二回図書館へ通い、土日は碁会所、声がかかれば麻雀もやる。売り出しの日は茜が渡したメモを持って買い物に行く。

茜はそれが当り前だと思っていたが、裏の夫は滅多に外出せず、日がな一日家にいて、縦のものを横にもしないで妻を酷使しているという。見かねた娘が時々車で迎えにきて、買い物に連れ出して息抜きさせてくれるのだそうだ。そんな事情も知らずに、茜は娘と出かける彼女を妬んでいたのだった。

「奥さんに聞いて貰って、さっぱりした」

先刻より明るい表情になった彼女を見送って茜も外へ出たところへ、郵便物が届いた。

「奥さんのところには、いつも郵便屋さんがきて、いいね」

裏の主婦が残して行った言葉が、茜の耳の奥で心地好く響いていた。

その日の午後、近くのスーパーマーケットへ買い物に行く道すがら、茜はポストの前で立ち止った。今更確かめなくても、よく解っている。向かって左側の口が年賀郵便用だ。茜はさして注意も払わずに右手を伸ばすと。素早く投函した。

翌日も十一時過ぎに郵便配達のバイクが止まった。じっと聞き耳を立てていた茜は、カタンと郵便物が差し入れられる音を確認してにんまりとした。

バイクが走り去るのを待って、いそいそと玄関へ降りる。郵便物の束を抜き取り、指先で厚みを測る。いつものことだ。

部屋に戻って机の前に坐り、老眼鏡をかける。いつものことである。

そして、いつものように輪ゴムをはずそうとして、茜は愕然とした。

そこには消印が押されていたのだ。茜はあわてて一枚一枚を確かめた。横浜市の息子夫婦の葉書、相模原市の姪の葉書、四国のペンフレンド、他市に住む孫娘や友人たちどの葉書にも、茜が住んでいる市の昨日の日付が鮮明に押されていたのである。

外はまた雪になったのだろうか。先程まで明るんでいた障子が翳り、部屋の隅々に淀んでいた薄墨色が音もなく忍び寄って、茜を包んだ。机の上には、茜の家と郵便局との間を幾度となく往復した葉書たちが散らばっている。それは年が改まった日に、無垢な姿で配達された年賀状に違いなかった。

仕事

週休二日制もすっかり定着した。月曜日の朝、タイ氏は煙草に火を点けながら呟いた。

「二日制が当り前になったら、三日目も休みたくなってきたなあ」

「全くだ。月曜日がこんなにいやなものだとは思わなかったよ」

隣席のマン氏が虚ろな表情で相槌を打つ。

「そんなにいやなら、今日も休んでいいよ」

不意に後ろで声がした。驚いて振り返ると社長が立っている。二人は先刻の言葉をあわてて口の中に戻そうとしたが、間に合うはずがない。恐縮する二人に社長は言った。

「休み足りない社員を無理に働かせても能率が上がるわけがない。今日は十二分に休息して、明朝新たな気分で出社してくれたまえ」

そう来なくっちゃ。二人が浮き浮きと帰り支度をしていると、化粧室や湯沸し室でだべっていたOLたちも次々退社し、社内は幹部と数名の古参を残すのみとなった。

三十分後、タイ氏は勢いよく我が家のドアを開けた。朝行って、すぐに帰れるなんて小学校の終業式みたいだ。童心に帰った彼は、出迎えたタイ夫人に元気よく報告した。

「今日も休みになったんだよ」

タイ夫人は見る間に不機嫌になった。

「冗談じゃないわよ。二日も休んだのに、まだ休み足りないって言うの」

「そうだよ。だから社長が休みをくれたんじゃないか。やっぱり人の上に立つ人は違うよ」

「そう。じゃあ私、これから出かけるから、あなたが掃除と洗濯をしといてちょうだい。ついでに晩ごはんの支度もお願いするわ」

タイ夫人は一気にまくしたてると、下駄箱から外出用のパンプスを出した。よく見ると、化粧をしスーツを着ている。

「どこへ行くんだ」

「仕事よ」

それだけ言うと、タイ夫人は靴音を響かせて出て行った。

「フン何が仕事だ」

タイ氏は居間のソファにどっかと腰をおろした。タイ夫人は自分の行動パターンを「仕事」と「勉強」の二つに分類しているが、それは極めて独断的なものだとタイ氏は思う。家事やPTAを仕事と言うのはまだしも、近所の奥さん連中とのお茶飲み会が、なぜ仕事なのか。ウィンドーショッピングや美術館巡りをどうして勉強と言えるのか。こじつけも甚だしい。今日も大方デパートへでも行ったのだろう。それにしても夕食の支度をしておけとは……。そう思いつつも、たまの家事は気分転換として悪いものではなかった。

タイ氏が三連休を有難がっていたのは、ほんの二カ月程度だった。月曜休日に慣れると今度は火曜日がたまらなくいやになり、「かよ」と聞いただけで蕁麻疹が出る。そんな話を隣席のマン氏としていると、今度も社長が気前よく「休んでいいよ」と言ってくれた。

そのうち労働組合が社長の人の好さにつけこんで金曜日も休ませろと騒ぎ出した。かくして休日は金土日月火、仕事は水木だけという就労二日制が確立してしまったのである。

一方、タイ夫人の外出は益々増え、タイ氏の主夫業は本格化して行った。気分転換どころか日一日と糠味噌臭くなってゆく自分をどうすることも出来ない。

そんなある朝、タイ氏は外出の支度を終えた夫人の姿に目を見張った。十数年連れ添った古女房が別人のように垢抜けしているではないか。とても二人の子持ちには見えない。

「どこへ行くんだ」

タイ氏は幾分語気を荒げて訊いた。

「仕事に決まってるじゃない」

夫人は当然という顔をして出かけて行った。

タイ氏は急に胸騒ぎがした。就労二日、残業ゼロのシステムの中でタイ氏の収入は三割ほど減っているのに、夫人の生活は派手になるばかりだ。毎月服を新調し、それに合わせてバッグだ靴だと買い込んでいる。その金は一体どこから出ているのだ。第一、毎日毎日どんな用があると言うのだ。今日こそ実態をつきとめてやる。タイ氏はサングラスとマスクをかけ、ブルゾンを引っ掛けると夫人の後を追った。

バスを降りた夫人は、国道を渡り小路を幾つか曲がって、とあるビルに入った。前後して魅力的な中年女性が続々やって来る。

彼女たちがエレベーターで四階へ行くのを確かめて、タイ氏は階段を駆け上がった。四階に着いた時、すでに女性たちの姿はなく、エレベーターは最上階を示していた。その時になって、タイ氏は自分がよく知っている場所にいることに気づいた。彼は愕然として一つのドアの前に立った。中の気配がドアの外まで伝わって来る。

そうだったのか――。彼は総てを納得した。

ポンと肩をたたかれた。振り返ると、社長がいつもの穏やかな笑みを浮かべて言った。

「奥さんたちの仕事ぶりは素晴らしいだろう。これからは水曜日も休んでいいからね」

火曜日のドア

「カハタレドキ」

　勤め先のリビングショップの通用口を出て、西の空を見上げながら小宮晶子はふっとつぶやいた。日没から十数分が過ぎていた。

　カハタレは「彼は誰」の意で、元々は明け方や夕方の薄暗い時刻をさしたが、のちに夕方のタソガレドキに対して、明け方はカハタレドキと区別して使うようになったという。しかし、日没後の時間こそカハタレという語にふさわしいと晶子は思う。それは柏木と出会ったのが、この時刻だからかも知れない。

　晶子は俗に言うバツイチである。二十五歳で結婚し、子宝に恵まれないまま四年経ったとき、他の女性が夫の子を宿したと知らされたのだった。自分でも不思議なことに嫉妬や悔しさなどの感情は湧いて来なかった。いつかこんな日が来そうな予感があったのか。あるいは夫への思いは冷めていたのか――。

協議離婚して実家へ戻ったのは三十歳の誕生日を目前にしてのことだった。

父母との暮しは互いに労り合い、穏やかな温もりの中で過ぎていったが、父は九年前七十九歳で急逝した。足腰が弱り、認知症が出始めた母も市の郊外の介護施設に入って三年が経つ。毎週、店が休みの水曜日の午後に晶子は母を訪ねることにしているが、その前夜は自分の息抜きの時間に当てている。

息抜きの方法を教えてくれたのが柏木だった。一年ほど前の火曜日の夜、通用口から出た晶子は薄暗がりの中から近づいて来た人影に声をかけられた。時折、通勤途中の路上で顔を合わせ、いつしか挨拶を交わすようになった人である。

「飲みに誘ったら迷惑ですか」

「お酒はあまり飲めないんです」

「ソフトドリンクもありますよ」

そう言われて連れて来られたのがスナック・夕霧である。スナックには結婚前に職場の同僚と行ったことがあるが、当時とは全く異質の場所だった。正面に据えられたテレビ画面に向かってマイクを握り締めて歌う客。名前だけは知っていたカラオケという装置だった。その夜、柏木に促されて晶子は『いつでも夢を』を歌った。

「歌うのは気持ちいいでしょう」

柏木の言葉にうなずきながら、カラオケはマジックボックスだと晶子は思った。歌の合間に薄いお酒を飲み、お互いのことを少しずつ話す。柏木は七年前に妻を亡くし、息子二人は県外に所帯を持っているという。次の誕生日が来れば後期高齢者になるという。

離婚後、男への不信感を拭いきれず、異性に対して壁を作っていた晶子だが、年の離れた柏木からは父親に似た安らぎが感じられた。

そんなデートとも言えない交友を重ねているうちに、月二回、第二と第四火曜日の夜に夕霧で会う習慣ができたのだった。

「いらっしゃいませ」

夕霧のドアを押すと康子ママの笑顔に迎えられた。が、いつもの席に柏木の姿はなかった。

「柏木さん、今日は遅いみたいですね」

言いながらカウンター席へ導く。

「何か歌ったら」

ママが気を遣ってくれるが、柏木のいない所で歌う気にはなれない。何かあったのだろうか。そう思ったとき、晶子は柏木の住所も電話番号も知らないことに気づいて愕然とした。

九時、十時、十一時……。

幾人かの客が来て、飲み、歌い、談笑して帰ってゆく。ドアが開くたびに振り返ってみるが、晶子の待ち人ではない。ドリンクも三杯目が空になった。店は午前二時まで営業しているそうだが、これ以上ここにいても仕方がないだろう。

真っ暗な家へ帰って来るなり、晶子は古新聞を取り出した。前に会った日の翌日からおよそ二週間分を慎重に調べてゆく。おくやみ欄、事件、事故――。二度繰返して見たが、どこにも柏木の名前はなかった。

それから一週間、晶子は朝刊のおくやみ欄と社会面を丹念に見る以外は、極力柏木のことを考えないようにして過ごした。そうして巡って来た火曜日の夜、夕霧へおもむいた。待ち合わせの週ではなかったが、行かずにはいられなかったのだ。

カウンター席でオレンジジュースを飲みながら柏木との会話を反芻した。晶子が、東京の兄の意向で母を介護施設に預けることになった際の忸怩たる思いを吐露したとき、柏木は言った。

「介護はきれい事じゃ済まないからね」

それは末期癌の妻を看取った実感でもあったのだろう。

その夜も十一時まで粘ったが、やはり柏木は来なかった。予定外の日だから当然のことなのだが……。

そうして、また一週間が過ぎた。相変わらず新聞からは何の情報も得られない。第四火曜日の午後七時半、西の空を仰いだ晶子は「カハタレドキ」と呪文のように唱えながら足早に、夕霧へ向かった。もし、今夜も会えなければ、思い切ってママに訊ねてみよう。晶子が知り合う前からの常連なのだから住所くらい知っているはずだ。体裁を気にしている場合ではない。

もし今夜もいなければ……。そう心に決め、呼吸を整えると、晶子は恐る恐る火曜日のドアを押した。

追懐

幼なじみの朋美から夫の生地に終の棲家を建てたという挨拶状が届いた。そこは槙子が短大の二年間を過ごした地で、しかも学生時代に親しんだ街の近くだった。懐かしさに駆られて槙子は今日の訪問を決めたのだった。駅前から路線バスに乗り、教えられた停留所で降りて歩き出すと、こちらに向かって駆けてくる朋美の姿が見えた。

昼食後、家の中を案内して貰いながらおしゃべりに興じていると、リビングの時計が派手な音を奏でて三時を告げた。

「ごめんね。十五分だけ」

そう言って朋美はラジオのスイッチを入れた。この地域だけで聞ける川柳の番組だという。男性柳人と女性アナウンサーとのほのぼのとしたやりとりが人気の秘密だという。やがて女性アナの流暢な英語に続いて流れてきた曲を槙子は複雑な思いで聴いた。演奏が終り再び女性アナが言う。

「エルビス・プレスリーの好きにならずにいられない、でした」

「そういう題だったんだ」

思わず溜息にも似た声をもらしていた。朋美の訝し気な視線に促されて楨子は話し始めた。


この街の短大に通っていたときのことだ。少し離れた場所に国立大学があり、周辺には学生向けの喫茶店や居酒屋が散在していた。その中のPという軽食喫茶に楨子は友人二人とよく出かけた。中学生のころに流行った『学生街の喫茶店』を連想させる佇まいで、店の奥は住居になっているらしく、時折、夫人と小さな男の子の姿を見かけた。

その店は大学の人形劇サークルの溜り場でもあった。マスターがサークルの先輩という関係から後輩たちが出入りし始めたらしい。彼らは休日には施設や病院へ慰問に行った。あるとき新作を発表することになり、楨子たちは人形の衣装作りを頼まれた。

台本はマスターの友人で学生たちに評論家と呼ばれている人が書いたという。いつもスケッチブックを持っていたので絵描きかと思っていたら、詩人だという。詩のほかに戯曲や評論も書くという。中学か高校の先生らしかった。

新作の人形劇は学園祭で発表され、好評を博した。Pで打ち上げが開かれることになり、槙子たち三人も招かれた。メニューにはない家庭料理を夫人が作ってくれたのでアパート住まいの学生たちは大喜びだった。十時過ぎにお開きになった。友人二人は学校の近くに下宿しているが、伯母の家に間借りしている槙子は一人だけ方向が違う。

「槙ちゃんは評論家に送ってもらえばいいよ」

帰り支度をしているとマスターがそう言った。

「えっ、いえ。大丈夫です、一人でも」

「こんな時間に若い女性を一人で帰すわけにはいかない。頼んだよ、評論家」

マスターは彼の肩をポンとたたいた。仕方なく一緒に店を出た。評論家は卒業後の進路のことなどを訊ねてきたが、やがて話題も尽きたのか黙ってしまった。暗い夜道を一人で歩くのは気持ちのいいものではないが、気詰まりな相手と一緒というのも疲れる。気さくなマスターと無二の親友だなんて信じられない。そう思った矢先に評論家が英語で歌いだした。

「それがプレスリーの好きにならずにいられない、だったわけね」

朋美の言葉に槙子はうなずいた。

「その人、槙ちゃんを好きだったのよ」

「まさか……」

「彼の思いに気づいたマスターがチャンスを作ってあげたのに彼はそれを生かせなかった。それで歌に託したんだけど槙ちゃんには伝わらなかった」

「そんな……」

「その店、今もあるわよ。経営者が同じ人かどうかは解らないけど、Pという名前は変わってないはずよ。行ってみようか」

朋美のあとについて小路をいくつか曲がると広い通りに出た。

「ほら、あそこ」

朋美が指さす方角にPは確かにあった。扉には準備中の札が下がっている。脇の通路を掃除している人はマスターだ。いや、そんなはずはない。最後にこの店に来てから三十年近く経っているのだ。そう気づいたとき、掃除をしていた青年がつと顔を上げ、槙子を見つめた。おもむろに口を開く。

「槙子さん、ですね」

返事を待たずに青年は勝手口のドアを開けて「お父さん」と声をかけた。

開店前の店に通されると、歳月が一気に解けた。青年はあのときの男の子で、今は親子でこの店をやっているという。マスターが古びたスケッチブックを出してきた。

「評論家のものです。見てやってください」

訳が解らないまま中を開いた槙子は息を呑んだ。そこには様々な表情の槙子が描かれていた。更にページを繰ると、五年後、十年後と年を経た槙子の予想図まである。

「よく似ているんで、びっくりしました」

青年の言葉を引き取ってマスターは静かに語り始めた。

槙子が卒業してこの街を去った翌々年、評論家は教職を辞してモンゴルへ旅立った。スケッチブックはその直後に小包で届いた。旅先からは時折エアメールが送られてきたが、一年もしないうちにパタリと音信が途絶えた。行方不明者としてニュースにもなったが、未だに生死は不明のままである。

「遺体が見つからないんだから僕は生存を信じている。何十年か後にひょっこり訪ねてくるかも知れない。今日の槙ちゃんのようにね」

マスターの声がいつまでも槙子の耳朶にこだましていた。

遠い声

矢車家は市の郊外に広大な敷地を持つ旧家である。先祖は隠密だった、という説がある。あまりにも秀でた働きをしたため、主家に妬まれ、畏れられ、疎まれ、追われて北の涯まで落ち延びてきたのだと実しやかに伝えられている。が、真偽のほどは解らない。いずれにしても何百年も前の昔話で、平成の世には関係のないことだ。

とは言うものの、矢車家には他家とは幾分異なった家訓がある。その一つは、家を継ぐのは娘だということだ。たとえ息子が生まれても分家させ、基本的には長女が婿を迎える。家の伝統や仕来りを始めとして、日常茶飯の細々としたことまで母から娘へと伝えられ、しかるべき時機が来れば跡とり娘は刀自として一族を率い、家を守ってゆく立場になる。

一族の中心である本家の古色を帯びた冠木門を抜けると、時計回りに緩やかな弧を描いて飛石が埋められている。弧の内側には早春のクロッカスから晩秋の石蕗まで四季折々の草花が植えられている。

飛石の行き止まりに母屋の玄関があり、その横に畑が広がっている。畑の一隅は薬草園だ。そこに他所では見られない植物の一叢がある。『デンシ』と口伝てに聞かされているが、どのような字を当てるのか。あるいは外来種なのか。今となっては定かではない。解っていることは、家宝に近い秘薬であり、長寿の妙薬ということだけだ。葉を摘み取って乾燥させたものは煎じてお茶代わりに飲む。花は甘酢につけて料理に使い、実は擂り潰して粉にする。粉にしたものを傷口に摺り込めば痛みは鎮まり、お香のように焚いて煙を吸引すれば年中病気知らずで過ごせる。おかげで矢車一族は代々長寿を保ってきた。

矢車堅吾はその本家に長男として生まれた。姉二人と妹の四人きょうだいだが、家訓通りに長姉は嗣子として厳しく育てられた。それは堅吾にとって幸せなことだった。彼は地元の高校から憧れの教授がいる東京の大学へ進み、のびのびとした学生生活を送った。

卒業後は地元の企業へ就職したものの、初任地は生家から離れた地域にあったので、家には戻らず任地で自活した。仕事は内勤のほかに管内の町村への出張も多く、彼はそれまで知らなかった地域の暮しや文化に触れ、見聞を広めた。

二十八歳のとき三歳年下の須賀しおりと結婚して、京都・奈良方面を中心に一週間の新婚旅行に出かけた。そのあと夫婦そろって生家に顔を出し、新居に落ち着いた途端に新妻は寝込んでしまった。旅行や一族への挨拶回りなどで気疲れしたのだろう、と堅吾は思った。何しろ集落全体が親戚みたいなもので、矢車という姓は小字にもなっているくらいなのだ。町育ちのしおりには驚きの連続だったに違いない。

このとき彼が、一族や家の歴史について少しでも知ろうとしていたのなら、のちの悲劇を防ぐことができたのかも知れない。だが、競争相手の多かったマドンナを射止めた彼は、未来への明るい展望を思うばかりで、不吉の影すら感じとることができなかったのだった。

新婚生活は彼の予想以上に快適だった。しおりは料理好きな上にやりくり上手だった。大学四年間と社会人になってからの五年余り、毎月給料日前になると彼の財布は心細くなったものだが、結婚後はそんな心配はなくなった。

月収の中から彼が小遣いとして自由に使える金額は、独りのときとは比較にならないほどわずかになった。が、弁当持参で煙草も賭け事もしない彼は、仕事が終われば愛妻の待つ我が家へ直行するので、お金を使う必要がないのだ。結婚っていいものだ、とつくづく思う。

一方でまた、彼は嫁姑問題とも無縁だった。友人の多くは長男で、否応なしにこの問題の渦中に放り込まれている。同居はもちろん、別居していても親の口出しがうるさいらしい。平日は妻から休日は母から愚痴を聞かされている、と嘆く者もいるが、家訓により長姉が家を継いでいるので、分家した彼にはその心配もない。

生家に行くのは盆と正月のほかは両親の誕生日くらいだ。強いて挙げるなら、生家に一泊して帰ってくると、しおりが酷く憔悴した顔をしていることくらいだ。

結婚して丸五年、三十三歳の堅吾は三歳と一歳の女児の父親になっていた。それから三年後、長女が小学校に入る年に、妻の実家があるH市からA市の本社に転勤になった。A市の郊外には彼の生家がある。

「通勤できないかしら」

転勤に伴う引越しの話をすると、しおりは困惑した表情を浮かべて、そう言った。車なら一時間で行ける距離だ。義父母も孫たちと離れ難いことだろう。しおりには弟が一人いるが独身で義父母にとっての孫は彼の子供たちだけだった。成長するまでに何かと世話にもなっている。

しかし、彼は自然の中で子供たちを育てたかった。年を重ねて生まれ育った場所への愛着が深まってきたのだ。住居は市街地に借りて、休日には自分がそうだったように広々とした生家の庭で遊ばせたいと思った。

幾度か話し合ううちに、吹っ切るようにしおりは言った。

「そうね。A市に行けば、もうあの家に泊らなくてもいいものね」

ようやく漕ぎ着けた同意に安堵したものの、どうしてしおりは矢車の家を嫌うのだろう。両親や姉妹と仲が悪いわけではない。身内からも妻からも互いの悪口は聞かされたことはないのに。

「あの家に隠っている臭気がいやなの」

しおりはそうとしか言わなかったが、恐らくデンシのことだろう、と堅吾は合点した。高校生のときに密かに憧れていた上級生にデンシの匂いのことで侮辱されたことを思い出したのだ。

生まれたときから空気のように感じていたものを嫌う人がいることを、そのとき彼は初めて知った。以後、気をつけていたのだが、しおりに対しては結婚による安心感というか、油断があったのかも知れない。

A市に転居してから三度目の夏が来た。次女も小学生になり長い夏休みの真っ直中にいた。お盆の予定は、十三日に矢車の家に行って先祖の墓参りをする。十四日からH市の須賀家に行き、堅吾は一泊だけだが妻子は三泊してくる。この二つだ。

八月十三日の朝、台所に顔を出した堅吾に気づくと、しおりが声を潜めて言った。

「できたらしいの」

「ん……」

「赤ちゃん」

堅吾は思わずしおりを抱き寄せた。娘二人が生まれたあと、妊娠の兆しがないまましおりは三十五歳になっていた。

「本当か」

「まだ病院には行ってないけど、たぶん」

微笑を浮かべた妻がいつになく美しく見えた。

矢車の本家には午後四時に集まることになっていた。いつもより運転が慎重になっているのが自分でも解る。

本家に着くと妹がきていた。祖父母を留守番にして両親や姉一家と共に集落のはずれにある墓地へ行く。矢車霊園の名前通り、墓石の大半に矢車の姓が刻まれている。

夕食は総勢十六名のにぎやかさになった。函館にいる次姉には子供がいないので、両親にとっては孫七人が勢ぞろいしたことになる。妹の三歳の男の子りょうくんの仕草が、何とも言えないかわいらしさだ。帰りの車の中でも娘たちの話題はりょうくんのことだった。にぎやかさを引きずって家に着いたときは九時近くになっていた。疲れ果てた表情の妻の代わりに子供たちを寝かしつけて居間に戻ると、しおりがグッタリしている。生家へ行くとしおりが体調を崩すのは今に始まったことではない。

「早めに寝るといいよ」

堅吾が声をかけても、返事をするのも大儀そうだ。

「ベッドに運んでやろうか」

「だ、い、じょー、ぶー」

よろよろと立ち上がる。顔面蒼白だ。病院へ行こう、と言っても大丈夫だと言う。「だいじょーぶ」を繰返しながら、しおりはなんとかベッドに辿り着いた。

大家族の中で疲れたのだろうか。りょうくんのかわいらしさに気を取られて、しおりへの気遣いがおろそかになっていたのかも知れない。そんなことを思いながらうとうとしていた堅吾は、しおりのうめき声で目を覚ました。夜中の一時過ぎだ。

「どこが苦しいんだ」

訊いても力なく首を振るだけだ。相変わらず顔色が悪く、息遣いが荒い。

まんじりともしないまま夜が明けた。子供たちに簡単な朝食を作る。しおりは全く食欲がないらしい。やはり病院へ行こう、と言うといやだと言う。

たまりかねて堅吾は義母に電話をかけた。

一時間半ほどして義父母が車で駆けつけた。義母があれこれ訊ねても、医者に行くように勧めても、しおりは首を振るだけだ。主な症状は倦怠感と呼吸の荒さで、熱はない。無理に医者へ連れて行っても疲労が増すだけかも知れない。義父母と話し合ってしばらく様子を見ることにした。義母がしおりの口に合いそうな料理をいくつか作ってくれた。子供たちもしおりの体調が回復するまで預かってくれることになり、三時過ぎに引き上げていった。

夜になってもしおりの症状は変わらず、食欲もない。体力が消耗するばかりだ。ネットで色々検索してみるが、合致するものはない。

昨日一日のことを思い返してみる。暑い中、墓地まで歩いたのが堪えたのだろうか。子供たちがうるさ過ぎたのだろうか。母、姉、妹……。それぞれの言動を思い返しているうちに、ふっと遠い日の母の言葉を思い出した。堅吾が大学へ行くために家を離れることになったときのことだ。「体具合が悪いときは、これを使いなさい」そう言ってデンシの粉末を持たせてくれたのだ。独身のころはずいぶん重宝したものだが、結婚後はしおりが嫌うのでしまい込んだままになっていたのだ。あれを試してみよう。

香炉に粉末を入れて火を点けベッドの足下に置く。子供のころから親しんだ匂いが鼻腔をくすぐる。

しおり、好くなってくれ。願いを込めて枕許を覗き込んだ堅吾は愕然とした。

生気をなくした青白い顔は息をしていなかった。

そのあと自分がどのような行動をとったのか堅吾はよく覚えていない。気がついたときは本家の姉と医者だという男がいた。義父母にも姉が連絡してくれたらしい。

病院に行く体力がなさそうなので知り合いの医者に往診してもらったが、容態が急変して助けてあげられなかった。という姉の話は不思議な説得力があった。しおりが医者に行きたがらなかったことを知っている義父母は堅吾と姉が出来る限りの手を尽して看護してくれたと感じたようだった。


しおりの急死から一週間が過ぎた。子供たちは妻の実家に行ったままである。母を亡くした子供たちと娘を失った義父母は同じ痛みを分かち合い、心を寄せ合って暮していることだろう。堅吾は今更のように血のつながりを思った。彼らと自分とでは哀しみの質が違うのかも知れない。

日暮れにも気づかず、薄暗くなった部屋でぼんやりしていると、電話が鳴った。

「どうしているかと思って」

声の主は本家の姉だった。

「これからお邪魔してもいいかしら」

一人でいても詮ないことを思うばかりである。気が置けない身内の来訪は願ってもないことだった。

四十分ほどして車が止まる音がした。インターホンに応えてドアを開けると、黒っぽい装いの姉が立っていた。喪服ではないが、さりげない弔意が感じられて、堅吾の心は和んだ。

思いも寄らない不幸に見舞われたこの家に、まだ仏壇はない。リビングの一隅に、黒い布でくるんだアイロン台をしつらえ、その上に骨壷と写真を載せて急ごしらえの仏間としている。線香立てと鈴は親戚の誰かが持ってきてくれたらしい。

姉は線香をあげ合掌すると、しばらく遺影を見つめていたが、やがて彼に向き合う形でソファーに腰をおろした。

「子供たちは」

「向こうに行ったきり。おばあちゃんが放したくないみたいなんだ」

「そりゃあそうでしょうね。あちらのご両親にとっては娘の忘れ形見ですものね」

「学校も始まるし、そろそろ迎えに行こうと思っているんだけど……」

彼がそう言うと、姉はふっと息を洩らしてから言った。

「この際、あちらの家の近くに引っ越したら」

それは堅吾も考えてみたことだった。母を亡くした小学生の子供たちを鍵っ子にするくらいなら、自分の通勤時間など問題ではない。転勤希望を出すという手もある。

堅吾の様子を見守っていた姉が、おもむろに口を開いた。

「あなたに話しておきたいことがあるの」

姉の口調の重々しさに彼は思わず居住まいを正した。

「私たちの祖先が隠密で、讒言によって追われて、北の涯まで逃げてきたことは知っているわね」

そう切り出すと姉は話し始めた。

追っ手から逃れた矢車一族は、当初岩手の山中に棲みついた。狩りをし、畑を作り、ひっそりと暮していた。

ある日、狩りに出かけた若者の一人が、足を挫き道に迷って動けなくなっていた若い娘を伴って帰ってきた。ところが、その女は敵の間者だったのだ。長老の機転で危うく難を逃れたものの再び逃亡生活が始まった。昼は交替で眠り、夜陰に紛れて北へ、北へ。そうして辿り着いたのが、現在の矢車部落だった。

二度と敵に入り込まれないためにはどうすればいいのか。長老が講じた策は秘薬の開発だった。敵か味方かを識別し、味方には益を、敵には害をもたらすもの。植物に詳しい男女が選ばれた。二人が失敗を繰返し、研究に研究を重ねた結果、編み出したのがデンシである。先祖の志を忘れず末代まで伝えよ、との思いを込めての命名だった。

「明治維新で武士の時代が終って、一番ほっとしたのは私たちの祖先かも知れないわね」

そう言って姉は長い話を終えたが、堅吾の胸中では二つの言葉が揺れていた。敵、味方。つまり、しおりの先祖は敵方ということなのか。しおりを殺したのはデンシ、いやデンシを使った自分自身ということなのか。

「ねえさん……」

苦悩の入り混じった声を絞り出した途端に涙があふれた。

「そうよ。あなたが思っている通りよ。しおりさんはデンシの毒が回って亡くなったのよ」

堅吾は頭を抱えた。隠密なんて劇画の世界のことだと思っていたのに。子供のころ曾祖母が子守唄代わりに聞かせてくれたことは昔話ではなく、わが家の歴史そのものだったとは……。二十一世紀の平和な日本で、こんな馬鹿げたことが起きるなんて……。

いみじくも、妻は言っていた。デンシは私にとってはカタキみたいなものだと。仮に自分が死に掛かっていたとしてもデンシに頼ったりしないで欲しいと。しおりは本能的に何かを感じとっていたのだろう。それなのに、その願いを無視して、楽にしてやりたい一心で、堅吾は取り返しのつかないことをしてしまったのだ。

何がデンシだ。大昔の遺物のような怨み辛みが作り出した化け物草じゃないか。

「ぼくは、どうすればいいんだ」

わめきながら泣き続けていた堅吾は、凛と響く姉の声に顔をあげた。

「甘ったれるのもいい加減にしなさい。あなたは父親なのよ。これから母を亡くした子供たちを育てていかなければならないのよ。過ぎたことよりも先のことを考えなさい」

ねえさんに感情はないのか、という言葉を堅吾は辛うじて飲み込んだ。ないはずがないから姉は忠告に来てくれたのだろう。しおりの血を引く娘たちを矢車の家に近づけてはいけないと。

娘たちをちゃんと育てることが一番の供養であり償いだと言い置いて、姉は帰っていった。

翌日から堅吾は精力的に動き回った。妻の実家へ行き、転居の相談をすると一も二もなく賛成してくれた。次に不動産屋へ行き、子供の足で須賀家から十分足らずのところに家を借りた。

小学校とA市役所に行き転居と転校の手続きをした。子供たちは二学期からしおりが卒業した小学校へ通うことになる。

会社には事情を話して十月から、一昨年の三月まで勤務していたH市の支社に転勤させてもらうことになった。

九月末の金曜日、本社での最後の仕事を終えた堅吾はその足で生家を訪れた。折り入って姉に頼みたいことがあるから、今夜はこちらに泊ると義父母にも子供たちにも話してある。

車庫の脇の空き地に車を止め、裏口から入ると栗の毬がいくつか口を開けていた。前にきたのはお盆の十三日で夏の盛りだった。親子四人で同じ道を通ったのだった。あの日帰ってからしおりは気分が悪いと言い出し、その夜から寝付いてしまったのだ。そんなことを思い出していると、ついつい涙腺が緩んでしまう。

「おじさぁーん」

庭の方から駆け寄ってきたのは姉の末娘の実季だ。その後ろから母がゆっくり歩いてくる。

「お帰り」

「ただいま、かあさん」

夕食の席は相変わらずにぎやかだ。姉夫婦と三人の子供。六十代後半の両親。九十歳前後の祖父母も全く老いを感じさせない。ここにいる人たちは堅吾にとって掛け替えのない家族だ。しかし、彼にはもっと大切にしなければならない、もう一つの家族がいるのだ。

その夜、堅吾は姉の居室を訪れ、しおりの命を奪ったデンシを根絶して欲しいと訴えた。姉は彼の話を最後まで聞いてくれたが、訴えは退けられた。

「おジジ様とおババ様を見たでしょう。あの歳で、あんなに元気なのはデンシのおかげなのよ。しおりさんには可哀相なことをしたけど、祖先が苦心して作り上げた秘薬を私の代で廃棄することはできないわ。人間は一度手に入れた便利なものを、危険が伴うからといって簡単に捨てることはできないのよ」

最後に姉は娘たちが思春期になったら気をつけるようにと言った。男なら一代限りだが、女は産む性で免疫は母体から受け継がれるのだから、と。

それは姉というよりも一族の長としての言葉だった。堅吾は黙って引き下がるしかなかった。

それから五年後の秋――。

矢車堅吾は四十四歳の誕生日を迎えた。長女は中学二年生、次女は小学六年生になった。二人が大過なく育ってくれたのは、ひとえに義父母のお蔭である。長女は時折料理を作ってくれるようになった。その味付けが亡き妻にそっくりで驚かされたが、考えてみれば妻も娘も料理は義母から習っているのだから当り前のことなのだ。

その日、A市にある本社の会議に出席した堅吾は久しぶりに生家を訪ねることにした。母が草取りをしていて腰を痛めたと聞いていたからだ。市の中心部から郊外ゆきのバスに乗る。最寄の停留所で降りて五分ほど歩くと、なじみの冠木門が見えてきた。この家を離れてから二十五年も経つのに、懐かしい気持ちは変わらない。故郷とは、そういうものなのだろうか。

母はベッドに腰掛け、デンシの匂いに包まれていた。

「大分よくなったんだけど、みんなが無理をしちゃいけないって。すっかり年寄り扱いですよ」

にこにこしながらも不服そうな母は、いかにも家族から大切にされている感じだった。

「駅まで送るから」

姉がそう言って部屋に入ってくると、母は慌てたように財布を開け、一万円札を抜き出した。

「急だったから、なんにも用意してなくて……。誕生日、おめでとう」

「かあさん」

呼びかけたものの、あとの言葉が続かなかった。この五年間、堅吾は亡くした妻のことばかり考えていたが、同時に母は自分という息子への思いを封じていたのかも知れない。

親の有難味を感じながらJRの電車に揺られてH駅に着いたとき、陽は沈みかけていた。

「晩ごはん楽しみにしていてね。おばあちゃんと相談して、おいしいものを作るから」

今朝、出がけにそう言った長女の言葉が耳朶に蘇る。どうやら義母特製のシチューを作るらしい。

「角のケーキ屋さんに寄ってきてね。バースデーケーキを頼んでるから」

次女も負けずに言う。

「大丈夫。お金は払ってる」

長女が渡してくれた引き換え券を確かめて、彼はゆっくり歩き始めた。ケーキ屋まで十二、三分。そこから数分でわが家だ。

わが家の灯と煮炊きする匂い。平凡な幸せがことさら有難く感じられるのは、年を取った証拠だろうか。ポケットから鍵を取り出し、鍵穴に差し込もうとすると内側からドアが開いた。

「おかえりなさい」

笑顔で迎え入れてくれた長女の表情が、突然曇った。露骨に嫌な顔をして、詰問調になった。

「なに、その臭い」

「……」

「やだ、やだあー。信じられない。吐きそう」

言うなり、長女はトイレへ駆け込んだ。

デンシか。確かに母の部屋にはデンシの匂いが充満していた。しかし、A駅のホームで海風に吹かれ、四十数分電車に揺られ、そしてH駅から二十分近くも歩いてきたのだ。いい加減匂いは消えているはずだ。

トイレで泣き叫ぶ長女の声を、堅吾はわが子のものとは思えないほど遠く感じていた。

老醜

　エレベーターから出ると、目の前には鮮やかな色彩の街が広がっていた。降りる階を間違えたのだ。そう気づいて振り返ったとき、すでにドアは閉まり、エレベーターは動き始めていた。

　ここは何階だろう。縫子は周囲を見回した。ぼんやり考え事をしていたので、ドアが開いた拍子に、にぎやかな女子高生の一団に釣られて降りてしまったのだった。

　とにかく階段かエスカレーターを探さなくては……。急ぎ足で歩き出した縫子の視野を「ケーキ百円引き」という貼り紙がよぎった。何気なく通り過ぎていたが、軽食喫茶の店である。ケーキなど、もう何カ月も食べていない。そう思うと同時に、口の中に唾液が満ちてきた。

　縫子は矢も楯もたまらなく、ケーキが食べたくなった。腕時計を見る。このまま、まっすぐ駅に向かえば、丁度電車に間に合う時間である。荷物も重い。家で待っている姑の顔が浮かんだ――。途端に縫子の欲求は抑えがきかなくなった。

売り場をひとまわりすると、縫子はさりげない足取りで店に入った。入口近くに母娘らしい二人連れ、右手奥に初老の男性、客はその二組だけである。縫子は母娘の横をすり抜けて、窓際の席に坐った。

そこはデパートの入口の真上で、外の様子が面白い角度から観察できた。鳥瞰とは、こういうことを言うのだろうか。帰路を急ぐ人々の群れを、縫子は傍観者の目でながめていた。街は鶴瓶落しに暮色を濃くしていった。

縫子が西山篤と結婚したのは二十六年前の秋のことである。新郎二十六歳、新婦の縫子は二十三歳だった。

商業高校を終えて洋品店で働いて縫子の前に、客として篤が現れるという珍しくもなんともない出会いだった。篤は地元の国立大学を卒業後、東京の会社に就職したが、その年の春、故郷に戻って市役所に勤めていた。縫子が選んだネクタイの評判が良かったとかで、小物選びに付き合っているうちに、売買以外の言葉も交わすようになっていた。

二年近い交際ののちに、篤が両親に結婚の意志を伝えたとき、母親のキクは縫子の学歴も家柄も西山家の嫁として不足だと、最後まで言い募ったという。それは結婚後、ほかならぬキク自身の口から、縫子が聞かされたことだった。

西山家は市の中心部から十キロほど郊外に入った集落の旧家だった。先祖は名字帯刀を許された家柄だという。縫子が嫁いだとき、舅の修吉は小学校長の職にあり、姑のキクは近所の娘たちに裁縫や生花を教えていた。親戚も多く、人の出入りの激しい家だった。その家に同居して、縫子は戸障子の開け閉てに始まり、お辞儀の仕方から箸の上げ下ろしに至るまでの行儀作法一切と家事全般、更に畑の畝の作り方まで仕込まれた。キクは何をしても手早く正確だった。

一方の縫子は、のんきでずぼらな面もあったから、やることなすことキクの気に入らないことだらけだった。もやしのヒゲ根を取ることも、緑茶を淹れるときは湯冷ましを使うことも、「常識」という一喝のもと、キクに教えられて知ったことだった。

「あなたのお母さんはだしの取り方も教えずに娘を嫁に出したのですか」

ことあるごとにキクは縫子越しに実家の母を詰った。縫子だって一番だしと二番だしの区別くらいは知っている。しかし朝の忙しい時間に市販のだしの素を使うのは、そんなにいけないことなのだろうか。親まで引き合いに出して弾劾されなければならないことなのだろうか。

「嫁は掃溜めから貰えというけれど、これほどの蓆育ちとはねえ――」

ある日来客の前であからさまにそう言われて、縫子は居たたまれずに庭へ出た。土曜日の午後なのに、篤はまだ帰ってこない。竹箒を取って落ち葉を掃き寄せる。この使い方も、何度も叱責されてようやく合格点を貰ったのだった。涙がとめどもなく溢れ、視界がぼやけた。それなのに心とは別な生き物のように、手は正確に動いていた。

「縫子さん」

声は修吉だった。縫子はあわててエプロンで顔を拭いた。

「いい日和だ。少し歩こうか」

そう言うと、修吉は畑の方にゆっくり歩を進めながら、話し始めた。

「私の母は働き者だったが、女に教育はいらないという古い体質の家に育ったものだから、ろくに小学校にも行かせて貰えなかったようだ。だからキクが女学校出だというのが気に入らなくて、ずいぶん辛く当たったものだった」

思いがけない話に縫子は驚いて、修吉の横顔を見た。

「キクは負けん気の強い女だから、母の前では弱音を吐かなかったし、実際、なんでもよくできた。頭もいいし、弁も立つから、無教養な母が太刀打ちできるはずがない。それで私も何も心配することはないと決めつけていた。ところが、あるとき夜中に目を覚ましたら、キクが声を殺して泣いているんだ」

「あのおかあさんがですか」

思わず問い返した縫子に、修吉は大きくうなずいて言った。

「そう。あのおキクさんがだよ」

そのときようやく修吉は妻の心の痛みに気づいたという。そして、どんなことがあっても自分が守らなければならない人だと、強く思ったのだという。

「若くて、それなりの情熱もあったからね。自分がいなくなったら、キクがバラバラに壊れてしまうんじゃないかと、本気で思ったものだよ」

縫子は自分と同じ年ごろの姑の姿を想像しようとしたが、うまく像を結ぶことはできなかった。

「男にとって坐り心地のいい蒲団も、嫁として外から入ってきた人には針の蓆ということもある。結婚したら息子である前に夫であれ、と篤にも言っておいた。あんたにはまだまだ物足りないかも知れないが、篤は篤なりに努めているようだ」

修吉はみんな知っていたのだ。すべてを見ていてくれたのだ。最後に一言、

「もう少し、長い目で見てやって貰えないだろうか」

と言われて、縫子は小さく「はい」と応えた。

その後も修吉は何くれとなく心を砕いてくれた。他家に嫁いでいる義姉も、仙台の大学に行っている義妹も、さりげないいたわりで接してくれた。そしていつしか縫子は畏れながらもキクに敬意を抱くようになっていた。なんでもキクの言う通りにしていれば間違いがなかった。頭も要領も悪い自分は指図されるのが当然だと思えるようになり、少しずつ家風になじんでいった。

翌年の夏が終わるころ、縫子は妊娠に気づいた。それと同時に悪阻の苦しみがやってきた。一切の食物を受け付けないのに、吐き気だけはある。キクの目から逃れるように苦い水を吐いて茶の間に戻ってくると、意外な台詞が待っていた。

「少し実家で休養してきたら」更に「お母さんのところへ行けば、食べたいものが見つかるかも知れないし」

それは縫子が初めて聞くやさしい言葉であり、初めて目にした暖かい表情だった。

翌年の四月二十日、縫子は無事出産した。男の子だった。みんなの祝福を受けながら縫子は、いま自分にできてキクにできないことは、子供を産むことくらいだろうと思った。

三年後、次男が生まれた。育児でキクの知恵を借りたり、教えを乞うことは少なからずあったが、結婚当初のように頭ごなしに叱責されることはなくなっていた。

二人の男の子は、嫁と姑に笑いをもたらし、心配事を提供した。そんな繰返しの中で、西山家の月日は積み重ねられていった。長男に続いて次男も大学進学のために家を離れ、大人ばかり四人が古い家に残されても、以前のような軋轢が生じることはなかった。

修吉は退職後も結構忙しく、一日いっぱい家にいるのは週に三日程度だった。趣味の詩吟と俳句のほかに、講演を頼まれたり、会合があったりで充実していた。親戚や近所の人が相談を持ち込むことも多い。

九月半ばのその日は、夕方から還暦を迎えた教え子のクラス会に呼ばれていた。暑くも寒くもない穏やかな午後の陽射しの中から、郵便バイクの音がして修吉宛に一枚の葉書が舞い込んだ。

一読した修吉は、笑みを浮かべるとポツリと言った。

「そうか。よかったな」

それから思いついたように

「返事を書いてしまおう」

そう言って書斎に入った。修吉の筆まめは教え子たちの間でも評判だった。数行の走り書きにも人柄がにじみ出ている。

いつもなら数分で終わることなのに、二十分経ち、三十分過ぎても出てこない。縫子は胸騒ぎがした。

「おとうさん」

昔むかし、キクに教えられたように書斎の前の廊下に膝をつき、襖越しに声をかけた。

返事はない。

「開けます」

一言断って、縫子は襖に手をかけた。

声もなく倒れている修吉を見たとき、縫子はその死を悟った。机の上には書き上げたばかりの葉書が置かれ、畳の上に永年愛用した万年筆が転がっていた。

静かな死は対照的な忙しさを呼び込む。死者を中心に遺族には理不尽な時計が回り始めた。子、孫、親戚が三々五々やってくる。西山家では縫子が嫁ぐ前に修吉の両親は亡くなっていたから、葬儀は実に三十年ぶりのことだった。親戚一同が寄り集まって、喪主は篤にしようと話がまとまりかけた矢先、キクがきっぱりと言い放った。

「修吉は私の夫です。喪主は私が務めます」

威厳に満ちた声は、誰にも口をはさむ余地を与えなかった。もし自分だったら、そんな大役は御免こうむりたいと縫子は思った。それは故人を大切に思っているか否かとは、別問題だと思った。

斎場、通夜、葬式とキクは黙々とこなした。手伝いの人への指示も、喪主の挨拶も、一分の隙もなかった。

修吉の人柄を反映してか、会葬者は会場のセレモニーホールに入りきらず、廊下にまで溢れた。弔辞の中で、教え子の一人で今は自らも教壇に立っているという人の「生涯教育という言葉が叫ばれて久しいが、先生には生涯教育者の称号を献じたい」という言葉が、縫子の心に深くしみた。

七日ごとの法要に追われているうちに秋が深まり、四十九日の前日には初雪を見た。喪中欠礼の挨拶状を出し、年内に区切りの百箇日の法要も済んだ。

静かすぎる正月だったが、二人の息子は例年通り帰省し、改めて祖父の不在を認識したようだった。

キクは幾分口数が減ったこと以外は、目立った変化が見られなかった。おいしいもの、珍しいものがあれば、真っ先に仏壇に供え、線香をあげ、鈴を鳴らして追憶に浸っている。

春彼岸、新盆、一周忌、秋彼岸と季節ごとに死者のための行事が巡ってきた。その間のキクのわずかな変化を、縫子はうかつにも見過ごしていたらしい。

嵐は突然やってきた。ティータイムに到来物のケーキを勧めると、キクは鬼の形相になってわめきだした。

「こんなコレステロールの高いものを食べさせて、生活習慣病にして私を病院へ送り込もうとしても、そうは問屋がおろしませんよ」

信じられない言葉だった。確かに結婚当初の縫子は、幾度となく露骨な嫌味に泣かされてきた。しかしキクは、好意でしたことを曲解するほど底意地の悪い人ではなかったはずだ。虫の居所が悪かったのだろう、と縫子は思うことにした。が、まもなく二の矢が飛んできた。

飲み会で遅くなった篤が寿司折を持ち帰ったのだ。時計は十時を回っていた。キクはもう床に就いていた。お茶を淹れながら、縫子もお相伴にあずかり細巻を一、二個食べていると、いきなりドアが開いた。キクが仁王立ちになっている。

「私に隠れて夜中に盗み食いなんかして」

「おかあさんも召し上がりますか」

縫子は極力刺激しないように、言葉を選んだつもりだった。ところがキクはますますいきりたって言う。

「こんな時間になまものを食べろってか。消化不良を起こして死ねばいいってか」

その言葉の穢さに縫子は哀しくなった。あの誇り高い人は、どこへ行ってしまったのだろう。かつて畏れながらも敬意を抱いていた人は形骸と化してしまったのだろうか。目の前のキクには、プライドのかけらすらない。

その日を境に、キクは箍がはずれたように崩れていった。縫子と篤が二人で出かけようとすると、大急ぎで支度をしてついてくる。近所のスーパーマーケットでも、展覧会やコンサートでも、キクを交えて三人で行くか、どちらかが家に残るという選択しかできない。

そんな生活が一年ほど続いたが、最近になって新たな症状が加わった。深夜の徘徊が始まったのだ。そして昨夜、縫子はとうてい受け入れられない場面を迎えてしまった。夜中に手洗いに行こうとしてドアを開けると、寝間着姿のキクが濡れたモップのように夫婦の寝室の前に突っ立っていたのだ。

ふわっと甘い香りが漂い、紅茶とケーキが運ばれてきた。なんという幸福感だろう。

陶然とながめていると不覚にも涙がこぼれた。こういう楽しみと無縁で過ごした日々が、取り返しのつかないもののように思われた。貧しいわけでもないのに、自由に使えるお金があるのに、自由が利かないことが哀しみを募らせた。

ひとしきり感慨に浸ってから、縫子はおもむろにフォークを取り上げた。そっと生クリームを掬って、口に含む。そう、これがクリームの感触だ。こういう贅沢なものだった。

　ゆっくりと味わっていたはずなのに、ケーキは瞬く間に胃の腑に収まってしまった。禁じられていたものを手に入れたばかりに、欲望に拍車がかかった。構うものか、もう一個注文しよう。時間など、どうでもいいという気になり始めていた。帰りを急ぎたい人は勝手に急ぐがいい。暖かい家庭のある人は喜んで帰って行けばいいのだ。

　二個目が運ばれてきたとき、縫子の中で二十数年間鬱積していた思いが臨界に達した。今更、醜怪と化してしまった姑の教えなど守る必要はない。蔑育ちと貶めたではないか。家柄が悪い、学歴も教養もないと蔑んだではないか。どうせ粗野な育ちだ。良家の奥様を気取ることはない。

　縫子はフォークをケーキの真ん中に突き刺すと、大口をあけて頬張った。なんとも言えない快感が背中を走り抜けた。誰もいなければ、ワッハッハと豪快に笑ってみたいところだが、そうもいかない。その代わりに縫子はガチャガチャとせわしなく紅茶をかき回すと、ズズーっと音をたてて飲み干した。

　ふっと視線を感じて顔を上げると、入口近くにいた母娘連れの娘の方と目が合った。さりげなく視線をはずした娘が母親に何か話している。母親の背中がピクリと動いた。が、それだけだった。やがて二人は立ち上った。

急にやり場のない恥ずかしさが押し寄せてきた。母娘連れが振り返るのではないかという恐れを感じて、縫子は硝子窓に目を向けた。

街はすっかり夜の色に染まり、窓が鏡の役目を果たしていた。そこに映っている、醜く老いた女の顔——。

それはほかならぬ縫子自身であった。

あなたと共に

妻が急死してから二カ月余りが過ぎた。七日ごとの仏事が一段落し、訪れる人も間遠になった家で、独り寝起きするようになった彼は、静か過ぎる家の広さを持て余していた。

ありふれた4DK。決して大きな家ではないのに、同居する家族が皆無になった侘しさというものだろうか。子供たちが巣立って行ったときには、感じることのなかった思いだ。

特別仲の好かった夫婦というわけではない。共に行動するのは、孫のお祝い事や学校行事くらいだろう。美術展などは一緒に出かけても、中へ入れば別行動だった。彼は一点一点じっくり鑑賞したいのに、妻は表面をさっと撫でるように見て歩き、展覧会そのものよりも売店での買い物を楽しんでいる。

読む本も違えば、聴きたい音楽も、出かけたい場所も違った。結婚して四十年以上経って、お互いが空気みたいな存在になっていたのだ。

それなのに、この喪失感は何だろう。

「人もなき空しき家は草枕旅にまさりて苦しかりけり、か」

ふっと口をついて出たのは、大伴旅人の和歌だった。万葉集の編纂者の一人である大伴家持の父親で、大宰帥として九州に赴任したが、その地で妻を亡くしている。歌は任期を終えて独り奈良の都へ戻ってきたときに詠んだものだ。

千二、三百年昔の王朝時代の高官も、平成の世の庶民も、男やもめの心境はさして変わらないということか。

「ならば……」

彼は冷蔵庫からビールの五百ミリ缶を取り出した。

今日は自らを叱咤激励して、妻の死後、放りっぱなしだった庭の手入れをしたのだった。わがもの顔に生い茂っていた雑草を抜き取り、落ち葉や枯れ枝を片付けると、妻が『紫の季節』と呼んでいた初夏の佇まいになった。アヤメ科のイチハツが咲き誇り、クレマチスが蔓を伸ばしながら莟を膨らませている。足許ではラベンダーが色づき始めた。

久しぶりに仕事らしい仕事をした満足感と共に汗を流したら、四時半になっていた。飲む時間には少し早いが、まあいいだろう。

「験なき物を思はずは一坏の濁れる酒を飲むべくあるらし、だ」

これは旅人の『酒を讃むる歌』十三首の中の一つで、妻の生前から彼が飲む口実として、よく口ずさんできた歌だ。だが、今はそんな言い訳は不要になった。彼の体を案じ、飲み過ぎを懸念した妻は、彼を置いていなくなってしまったのだ。

なぜ、と幾たび思ったことだろう。女の方が寿命は長いはずなのに……。まして妻は彼より二歳年下の六十七歳だったのだ。特に病弱でもなければ、持病があるわけでもない妻に、先立たれるなどと考えたことはなかった。

ビールの肴にスライスハムを出す。「野菜も食べなくちゃ」と亡妻に言われそうな気がして、キャベツを適当に千切って耐熱容器に入れてラップをかけて、レンジでチン。あとはラッキョウの甘酢漬けに干物少少。独りの食卓は、それで充分だ。

ふっとBGMを選ぶ気になったのは、同居人のいない生活に少しは慣れたということだろうか。CDケースから愛聴盤の一枚、『コントラバスの奇跡』を取り出す。若いときはヴァイオリンの澄んだ音色が好きだった。それが、いつのころからかチェロの重厚さに惹かれるようになり、最近はコントラバスの響きが落ち着く。つまり、老いたのだ。

CDをセットし再生ボタンを押すと、ラフマニノフのヴォカリーズが心地好く聴こえてきた……。

「ねえ、野球どうなってるの」

紛うかたなき妻の声音に驚いて、彼は目を覚ました。テーブルの上に一つ、床にもう一つ、五百ミリ缶が転がっている。庭仕事の疲れに、風呂上りのビールが効いて、睡魔におそわれたようだ。無論、妻の姿があるはずはない。だが、夢にしては、ずいぶんはっきりと聴こえたものだ。

「野球がどうしたんだ」

つぶやきながら、彼は朝刊のスポーツ欄を開いた。

「そうか。今日からセ・パ交流戦が始まるのか」

妻がセ・リーグの某チームの熱烈なファンであることを彼は思い出した。昨年45勝96敗2引分という歴史的大敗を喫した弱小チームである。大概のファンが愛想をつかしただろうに、妻は「負けているときこそファンが支えなければ」と言って最終戦まで、パソコンの画面越しに応援し続けたのだった。

今年は監督が替わり、コーチ陣も一新。ヘッドコーチには現役時代に妻が最も贔屓にしていたOBが就任した。更に大リーグで活躍していた選手が戻ってくるなど、明るい話題が多く、妻は今シーズンを楽しみにしていたのに、開幕を待たずに逝ってしまったのだ。

心残りで魂が舞い戻ってきたのだろうか。時刻は午後六時過ぎ。ちょうど試合が始まったころだ。

「ちょっと、待ってろよ」

リビングの隅に置いてある妻のノートパソコンを彼は起動させた。「お気に入り」の中から「プロ野球・スポーツナビ」を選び出しクリック。順位表を見ると、相変わらずの最下位である。

「おいおい、またかよ……」

われ知らず、溜息をついていた。

「これじゃあ去年と同じじゃないか。今年は期待しても、いいはずじゃなかったのか」

誰へともなく話しかけている。独り言が多くなったのは最近の現象だ。

スポーツに縁のなかった妻が、ひょんなことから某チームに興味を持ち、ラジオでプロ野球の試合中継を聞くようになったのは、二十数年前のことである。といっても、地元の放送局の中継の大半は巨人戦である。妻のねらいは、時折伝えられる他球場の途中経過なのだ。

ごく稀に贔屓チームの試合が入ると熱心に聞いているが、生来のスポーツ音痴なので、理解できないことにしばしば出くわす。アナウンサーが言う。

「平凡なサードゴロです。おっとイレギュラーしました」

事態が飲み込めず浮かない表情をしている妻に、中学生の息子が、バウンドが変わってヒットになってしまったのだと説明している。犠牲フライやスクイズについても、そのつど息子が教えた。そうして何年か後に妻は、一人前のプロ野球通になり、補殺やグラブトスを称賛するようになったのだった。

やがて、パソコンで試合経過を見ることを覚えた妻は、ますますのめり込んで行った。シーズン中はプロ野球を中心に時計が回るようになった。

だが彼は、妻と一緒に野球を楽しもうとは思わなかった。高校生のとき体操部に所属していた彼は、何かにつけて野球部が優先されることを苦苦しく思っていた。

平素はグラウンドで練習しているのに、雨が降ると体育館へ乗り込んでくる。体育館は室内競技の各部に、曜日ごとに場所が割り当てられているのに、おかまいなしだ。地区大会が始まれば、私立の強豪校に軽く捩じ伏せられてしまうくせに、どうしてあんなデカイ態度が取れるのだ。

それに野球は相手の隙を突く品のないゲームだ。盗む、刺す、殺すなど物騒な言葉が平然と飛び交う。隠し玉や振り逃げなんてことまでするではないか。はっきり言って最も気に食わない競技だ。

夕食の団欒もそっちのけで野球に熱中する妻に、彼はそんな不満をぶつけたことがある。喧嘩になってても構わないと思った。ところが彼の予想に反して、妻はにこやかに応えたのだった。

「ほんとにね。わたしも野球の応援しているうちに自分がどんどん下品になっていくような気がする。四球を出すくらいなら、ぶつけちまえ。なんて叫んでいるときもあるしね。博愛主義を自認していたくせに」

あっけにとられている彼に構わず、夢見る少女のような表情を浮かべて言葉を続けた。

「優勝したときのビールかけだって、野球に興味がないときは、なんて無駄なことをするんだろうと思っていたけど、応援するようになったら、一シーズンがんばってきたんだもの、いいじゃんって」

そして、駄目を押すように締め括った。

「ファンって、過保護ママにならないと務まらないのよ」

「なんだ、それ」

「何があっても、家の子は絶対に悪くないって気持ち。チャンスで打てなかったら、打てないところに投げた相手ピッチャーが悪い。エラーしたら、エラーするような打球を飛ばした相手バッターが悪い」

そう言って愉快そうに笑った声が耳朶に蘇った。

こんなに早く別れがくると知っていたら、一緒に観戦すればよかった。

妻の喜びを自分の喜びとして受け入れてやればよかったのだ。

「解ったよ。代わりに応援してやるよ」

その日何度目かの独り言をつぶやくと、彼はパソコンの画面に向かい「日程」のところへマウスを動かして、力強くクリックした。

栗

秋は実りの季節である。漢和辞典で『秋』を引くと【音】シュウ、シュ　【訓】あきに続いて【意】とき　と出て来る。次いで広辞苑で『時』を調べると5番目に「特定の時期」という記述があり、その中の（ア）に続く（イ）に「（「秋」とも書く）大切な時機。重要な時期」と書かれている。農耕民族だった日本人にとって、秋は特に大切な時だったのだろう。

スーパーマーケットに季節感がなくなって久しいが、やはり秋は野菜も果物も木の実も豊富で、見て歩くだけでも楽しい。しかし……。

粒ぞろいの艶やかな栗の実の前で彼は立ち止まった。

「大して美味くもないくせに、偉そうな顔しやがって」

ボソリとつぶやいただけでは気が済まず睨みつけた。栗は子供のころからの好物だが、こんなところにチマチマ並んでいるものを買う気にはなれない。栗の実は毬を剥いて取り出すものだ。

彼の生家は川沿いにあった。道路端の栗の木は、初孫である彼の誕生を祝って母方の祖母が植えてくれたものだ。祖母が砂の中に埋めておいた数個の栗のうちの一つが発芽したのだと幼い頃に聞かされて鵜呑みにしていたが、後年調べたところによると、実は果実であって種ではないという。祖母も両親も亡き今、真偽のほどは確かめようもないが、いずれにしても栗の木は彼と母の記念樹だった。

ふっと少年時代を思い返す。朝晩の冷え込みが肌で感じられるようになったある夜、毬がトタン屋根にぶつかる音がして彼の秋が始まる。翌朝は起こされなくても目が覚めた。長靴を履き、デレッキを持って外へ出ると、道路や庭に口を開けた毬が一つ二つと落ちている。毬の裂け目を両足で押さえつけて力を込め、キュッという感じで実を取り出す。遅れて出てきた二歳下の弟は、それが上手く出来ず指にトゲを刺したりした。日曜日には父が物干し竿を使って高い所の毬を落してくれた。

収穫した栗は、先ず栗ご飯を炊いて仏前に供えられた。ゆでた栗を遠足に持っていき、好きな女の子に分けてやるのも楽しかった。あるとき母が毬蒸しという新しい料理を披露した。栗の実を挽肉などハンバーグの材料のようなもので包み、外側に食紅に浸したもち米をつけて蒸し器に入れるのだが、詳しい作り方を彼は知らない。

彼が中学生になったころから、川向こうの田んぼの中にポツンポツンと人家が建ち始めた。家の前の道路も舗装され、車の交通量が増えるにつれて轢死する栗が出てきた。道路に伸びた枝は切られ収穫は減った。が、他県の大学へ進んだ彼のもとには秋の使者のようにわが家の栗が届いた。

四年間の学業を終えて彼が帰郷したとき、川向こうは完璧な住宅街になっていた。

彼が社会人になって四年目の夏の集中豪雨で川が氾濫した。洪水は子供のころにもあったが、水が上がるのは決まって川向こうの田んぼだった。そこを宅地として造成する際、水害対策も怠らなかったのだろう。増水した川はこちら側の沿岸を洗い始め、瞬く間に道路にあふれたという。当時、十和田市に勤務していた彼はその場には居合わせなかったが、避難勧告が出て、蒲団などは二階に上げたと後で聞かされた。

その翌々年に再び水害があり、川は大幅に改修されることになった。道路を削って川幅を広げた分、沿道の住民は屋敷を道路に取られることになる。道路計画が発表され、市役所の職員が各戸を回って説明に歩いた。その折に古くからの地主のT家が、自宅の道路ぎわの栗の木は昔むかし先祖が殿様から拝領したものだから切るわけにはいかない、と強硬に主張したらしい。

おかげで当初の路線は変更になり、そのとばっちりを受けて彼の生家は半分以上削られることになってしまった。栗の木は切られ、転居を余儀なくされた。名もなき老婆が孫のために植えた木を守るすべはなかったのだ。

両親は補償金で郊外に土地を求め家を建てたが、母は死ぬまで切られた木を惜しみ、T家の栗の木を腐していた。その思いを彼も受け継いでしまったのだろうか。

秋になると妻が買ったり貰ったりした栗をゆでてくれるが、どれもこれも口に合わない。はっきり言って不味い。

「子供のころに食べたものは記憶の中でどんどんおいしくなっていくものよ」

最初のころ妻は諭すような口調でそう言っていたが、いつのころからか彼が栗の話を始めると座をはずすようになった。

彼は祖母が植え母が育ててくれた栗の話をしたいのに相手になってくれる人はいなかった。共通の思い出がある弟ならば、と水を向けてみたが、栗の木への執着はないようだった。

三年前に定年退職した彼は両親の死後空き家になっていた家をリフォームして終の棲家とした。生家跡には両親の転居後三十数年行っていないが、殿様から拝領したというT家の栗は今年も実をつけたのだろうか。そんなことを思いながら食卓に着くと、ゆでた栗が置かれていた。皮を剥いて食べながら、つい彼は言ってしまった。

「不味い」

洗い物をしていた妻が蛇口を閉めると振り返った。

「そうよね。ママの栗はおいしかったわよね」

憎憎しげにそう言うとドアに向かい、振り向きざまに再び口を開いた。

「もう、ウンザリよ。マザコン男が」

バタバタと階段を昇って行く音を聞きながら、彼はまた栗に手を伸ばしていた。

天網

「正江さん、いま、なんておっしゃったの」

それまで屈託のない笑顔で話していた最上怜子の表情が曇った。まっすぐな視線を向けられて、安田正江は目を伏せた。

言いにくいことだった。だから、さりげなく世間話に紛らせてしまおうとしたのだが、怜子の耳はしっかり捕えていたようだ。

「わたくしの聞き違いかしら」

居住まいを正して、詰問口調になる。正江は有耶無耶にできない状況に追い込まれた。

「だからね、そのう、最上さんのだんなさんが……」

自分でも情けないほど口ごもってしまったのは、言いにくいだけでなく、いまだに信じられないという思いがあるからだった。

「正江さん、あなたは大切なお友達なのよ。はっきりおっしゃってくださらないかしら」

包み込むような、やさしい声音……。

気を廻す必要などないのだ。そう思い至ると、肩の力が抜け、口中が滑らかになった。

正江は一気に喋った。

一週間前のことである。関東に住む、怜子の妹の珠子が来訪し、怜子夫婦とその娘一家で中華料理のテーブルを囲むことになった。その席に正江も招かれた。手芸教室を開いている珠子に、正江が以前から会いたがっていたからだ。

会食後、娘一家は先に帰り、正江を含む四人は近くのスナックに席を移した。鉤型のソファーの正面に怜子と珠子が並んで坐り、その横に正江と怜子の夫の最上良人が腰をおろした。怜子が夫の隣に坐りたがらないのは、いつものことだった。

お酒が強くない怜子と全く飲めないという珠子はオレンジジュースを頼み、正江は最上がボトルで注文した焼酎を一緒に飲み始めた。

最近袋物に凝っているという珠子を相手に、正江はこぎん刺しや裂織についてひとしきり話した。珠子も仕事柄知識が豊富で、いっとき座は盛り上がった。が、いつしか下戸の姉妹は自分たちの身内の話に夢中になっていた。

取り残された形の正江は最上とグラスを重ねながら、飲兵衛同士のたわいない話に興じていた。そうして、ふっと気づいたとき、最上の手は正江の腰のあたりに置かれていたのだった。気のせいかと思って、さりげなく体をずらしてみたが、執拗についてくる。

久しぶりに会った姉妹の前で、事を荒立てたくはなかった。さりとて最上のなすがままにはしておけない。せめてもの意思表示として睨みつけたが、最上はニヤニヤするばかりで、やめようとしない。たまりかねて正江は時計を見ながら、大きな声で言った。

「あら、もう十時過ぎちゃった。帰らなくちゃ」

時を忘れたかのように語り合っていた姉妹は、驚いて立ち上がった。タクシーを二台呼んでもらい、正江は怒りとも悔しさともつかない感情を抱いて帰宅した。


「なんて恥知らずな……」

話の途中から青ざめ、険しい表情になっていった怜子は、吐き捨てるように言った。

「わたくしのいる前で、わたくしの友達に対して……」

そう言ったきり言葉が続かない。ワナワナ震えだす。

やはり言うべきではなかった。自分一人の胸に収めておくべきだったのだ。激しい後悔が押し寄せてきた。

「最上さん、ごめん。やっぱり言うんじゃなかった」

「いいえ正江さん、謝らなくてはいけないのは、わたくしの方よ。よく話してくださったわ。辛かったでしょう。ごめんなさい。本当にごめんなさい」

搾り出すようにそれだけ言うと、怜子は打ちひしがれた様子で帰って行った。これから最上夫妻の間に起こる事態を想像すると正江は居ても立ってもいられない気持ちになった。

安田正江が最上怜子と出会ったのは，さる機関が募集した奥様モニターの、OG会だった。モニターは県内をABCの三地区に分けて、各地区二名ずつ一年間の委託だった。が、モニター期間終了後も、機関誌が送られてきたり、アンケートの依頼が舞い込んだりで、何かとつながりがあった。そのうちに、OG会を作って組織として活動しよう、という話が持ち上がった。

過去十年間のOGから三人欠けた十七名で、正江が住むB地区の会は発足した。顔合わせを兼ねた昼食会の席で、都会的なセンスの良さと、しっとりした美しさで、他を圧倒したのが最上怜子だった。正江よりいくらか年長のようだが、怜子を見ているうちに、年を重ねるのも悪くないという気がしてきた。若さは素晴しいが、それは一瞬の輝きだ。人は皆、老いる。若さの凍結などできないのだ。ならば、いかに美しく老いるかということこそ、大事なのではあるまいか。

名簿が配られ自己紹介が始まった。怜子は東京都の出身で、学生時代に知り合った相手との結婚によって、当地に来たのだという。

大学を出ているんだ――。

正江の内面に臆するものが生じた。

昼食を終え、担当部長が「今後とも、よろしくお願いします」と挨拶をして、解散になった。OG会のメンバーは二台のエレベーターに分乗した。

「安田さんでしたわね。ご出身はどちら」

問いかけてきたのは、ほかならぬ最上怜子だった。

「N村です」

幾分緊張しながら、正江が市の近郊の出生地名を告げると、怜子が意外そうな表情をした。自分の言葉に訛がないからだと気づいた正江は、若いころに東京で働いていたことがあると言い足した。それで、怜子も親しみを感じてくれたらしい。二カ月後に開かれた施設見学会のときは、どちらからともなく近づいて一緒に行動した。

七年前、怜子が五十八歳、正江が五十歳のときのことである。以後、二人は急速に親しくなった。会の行事以外でも待ち合わせたり、長電話をしてお互いの半生を語り合った。

玲子が最上良人と知り合ったのは、大学二年のときだという。友人の従兄が奇妙な仲間と開いた奇妙な展覧会に行って、紹介された仲間の一人だったという。グループ交際から、やがて二人きりでデートするようになる。

知り合ったとき、院生だった良人は翌々年、故郷の私立大学に職を得て帰郷。一年間の文通の末、怜子の卒業を待って結婚した。

新居として、良人の生家から歩いて十分ほどの所に家を借りた。新婚旅行から帰り、夫婦で生家へ挨拶に行った。怜子が手土産の菓子折をさし出すと、姑はにこりともせずに受け取り、ビリビリ音を立てて包装紙を破って、中身を取り出したという。

「あれが最初のカルチャーショックでしたわ」

そう言ったあと、怜子は同居しないことにして本当によかったと述懐した。

正江は中学校を卒業すると、就職列車で上京した。中学時代の成績は中程度だったが、山奥の村には高校はなかった。男子や家付き娘ならともかく、普通の家の普通の成績の娘が市部の高校へ行かせて欲しいなどとは言えない。そんな封建制の強い土地柄で正江は育ったのだった。

都下の縫製工場で、正江は歯車の一つになって働いた。来る日も来る日も同じことの繰返しだったが、慣れるに従って手際も良くなり、重用されるようになった。そうしていつの間にか十年が経っていた。

帰省するたびに幼なじみの結婚が話題に上ったが、いつしかそれは何人目の子供が生まれたという話に変わっていった。都会では若さを謳歌していられるが、田舎に帰れば年増扱いである。

二十六歳の夏に持ち込まれた縁談は後妻口だった。相手は十歳年上で小学校四年の娘がいるという。

馬鹿にしている、と正江は思った。周囲は勝手に行き遅れと言うが、自分は結婚したいわけではない。お金を貯めて、いつか小さなブティックを開きたいという夢もある。

「そんな話、断ってよ」

縁談を持ち込んだ伯母に、正江は言った。

「まあ、見るだけ見でみへ」

さし出された写真は、なかなかの男前だった。釣書によると、職業はプロパンガスも扱う小さな金物屋だという。その店は、正江が帰省のたびに、国鉄の駅がある市から郡部行きのバスに乗ったときの道筋にあった。もし結婚が決まれば、新婚の夫婦には店の二階に住んでもらい、先妻の子は祖父母が引き取るそうだ、と伯母は言い添えた。

あそこに住めるのか――。

東京とは比較にならないが、そこはB地方の中心的な商店街だった。生まれ育った山村とは違う晴れの場だった。バスの窓から、その街のにぎわいを眺めたとき、正江は故郷に帰って来たことを実感し、涙が出そうになる。

正江は見合いを承知した。そして、実際に会った男に一目惚れしてしまった。話はとんとん拍子に進んだ。年末に結納を交わし、翌年の四月半ばに祝言をあげた。

夫の両親は約束通り先妻の子と郊外の家に住み、店の二階での新婚生活が始まった。六畳と四畳半の二間に台所がついただけの質素な住まいだが、正江は義父母の配慮が嬉しかった。

夫は温厚で全く欲がない人だった。細々と今の商いを続けて行くことに、なんの疑問も不安も持っていなかった。しかし、この街にも大手の資本が入り込んでいた。小さな店は、いずれ廃業に追い込まれるだろう。このままでは、いけない。もっと販路を拡張し、扱う商品を増やして、店を大きくしたい。

正江は懸命に働いた。ぼんやり店番をして客を待つのではなく、自転車で御用聞きに行き、わずかな品でも気軽に配達を引き受けた。誠意の限りを尽し、労力を惜しまなかった。催し物があれば出向いて交流を広げた。

結婚した翌々年に長女が生まれ、それから三年後に長男が生まれた。子供の保育園や学校行事に出かけて行くたびに、交友の輪は広がった。モニターに応募したのも、OG会に参加したのも、商売に役立つと考えてのことだった。だが、そこで出会った最上怜子の淑やかなたたずまいに、正江はすっかり魅せられてしまったのだった。

千円足らずのお金がなくて駆けずり回った時代もあったが、我武者羅に働いてきた甲斐があって、店を大きくすることができた。人を使い、「奥さんがやり手だから」などと一目置かれるようになった。

しかし生活にゆとりができて、わが身を顧みたとき、なにやら虚しいものがあった。その矢先に別世界の人のような怜子に声をかけられて、正江は有頂天になった。それはスターへの憧れにも似ていた。

少しでも怜子に近づきたいとの思いから、なんでも真似をしたくなった。怜子が行きつけの美容院に正江も行き、怜子が愛用するブランドを正江も気にかけるようになった。

一緒に講演を聴きに行き、様々な展覧会を観て歩く。初めてクラシックのコンサートにも行った。怜子は何事にも造詣が深かった。怜子と行動を共にしているうちに、自分がどんどん知的になって行く。正江はそのことに興奮し、酔い痴れた。

あるとき怜子がつけていたブローチに正江は目を見張った。なんの石だろう。光の角度によって微妙に色が変わる。色は色を呼び、輝きながら様々な表情を見せる。

「素敵なブローチ」

正江が感嘆の声を漏らすと、怜子はこともなげに言った。

「妹が作ったの」

「えっ、作った……」

「七宝焼よ」

怜子の妹の珠子は相模原市に住み、洋裁をしながら手芸教室を開いているという。怜子の服の大半は妹が縫ったのだそうだ。道理でセンスがいいはずだ。正江も昔取った杵柄で普段着くらいは縫っていたが、店を大きくしてからは時間がなくなった。

それにしても怜子はなんと素敵な人々に囲まれ、恵まれた環境にいるのだろう。夫の両親が相次いで亡くなったあと、古い家をバリアフリーのモダンで便利な住居に建て替えて、大学教授の夫との優雅な日々。長男は一流大学を出て、東京で新聞記者として活躍。長女は市役所に勤める夫との間に一人娘がいて、スープの冷めない距離に住み、親しく行き来している。それらに加えて、服は妹が縫ってくれるのだ。

正江がそう言うと、怜子はボソッとつぶやいた。

「優雅だなんて、とんでもない。わたくしは良人を懲らしめているだけよ」

寂しげな笑みを浮かべると、怜子は話し始めた。

嫁いで日も浅い頃の休日に、二人で夫の生家に行ったときのことだ。昼食にチャーハンを作ることになり、怜子が微塵切りにした野菜を炒めていると、姑がそばに来て言った。

「スダゲ入れるが」

「えっ、お酢ですか」

「なんもスダゲ」

「酢……」

「酢でねって、スダゲ」

なんのことかさっぱり解らず、狐につままれた表情をしている怜子に向かって、姑は断ずるように言った。

「馬鹿でねが」

あとで夫に姑は「椎茸」と言っているのだと説明された。解っているのなら、なぜその場で助けてくれないのかと、怜子は怨めしい気持ちになった。親にも教師にも馬鹿などと言われたことがない怜子は、姑の一言に深く傷ついたのだった。

冬になって初めて雪道を歩いたときもそうだった。雪が積もったところを避けて車が走ったあとを、おっかなびっくり歩いているうちに怜子が滑って転んだ。

姑が怜子を指差して笑うと、夫も義姉も一緒になってゲラゲラ笑い出した。タイヤの跡が滑るということを誰も怜子に教えてはくれなかったのだ。姑小姑はともかく、なぜ夫が笑うことができるのか。怜子は無性に哀しかった。

聞いている正江も悲しかった。最上家の人々は、どうして他県からきた玲子にやさしく接してあげなかったのだろう。夫の良人は自分を慕って北国にやってきた妻を愛しいとは思わなかったのか。皇太子のように全力で守ってやろうとは考えなかったのか。

正江はこの土地の人間として、怜子に申し訳ないと思った。そう言うと、怜子は正江の手を握って「ありがとう」と涙ぐんだ。

一度話したことによって、構えが取れたのだろうか。会うたびに怜子は昔語りをするようになった。

最上は新婚のときから、自分の身内には万全の気配りをするが、怜子への配慮には欠けていた。それは子供が生まれてからも変わらなかった。生家へ庭木の手入れや畑の収穫の手伝いに行けば、進められるままに夕食を食べ、酒まで飲んで来る。ごはんを食べず、子供たちにも父親の帰りを待たせている怜子には、連絡なしだ。あまり遅いので、たまりかねて怜子が電話をかけると、こっちで食べているから夕食はいらないと姑が平然と言い放つ。帰宅した夫に苦情を言うと、「解った」と答えるが、いつの間にか同じことが繰返される。そのうち怜子は待つことをやめた。

正江は誠実な聞き手になった。なんの苦労もなさそうに見えた怜子にも辛くて孤独な日々があったのだ。顔を合わせれば如才なく挨拶する最上のマザコンぶりは、滑稽を通り越して醜悪である。話は続く。

怜子が出産のため入院したときのことだった。姑や義姉妹が家に上がり込み、怜子の箪笥を開けて持ち物検査をしたのだ。赤ん坊と共に帰って来た怜子が違和感に気づき、夫を問い詰めて、姑の陣頭指揮による狼藉が判明した。衝撃のあまり母乳は止まり、姑に不信感を抱いた怜子は、出産見舞いに来た実家の母にしばらく滞在してもらって、産褥期をしのいだ。

「わたくしの両親は子供の机の抽斗だって、勝手に開けたりはしなかったのに……」

そう言ったあと、苦いものでも吐き出すように言った。

「素姓の卑しい田舎者は、どうしようもないわ」

怜子の理性の箍は、すっかりはずれてしまったようだ。会うたびに同じ話が繰返された。気候、風土、習慣、言葉の違いによる様々なひずみや軋轢。実家と婚家の違いなど。

肩入れして聞いていた正江も、いい加減うんざりして来た。夫や姑を悪し様に言う玲子には気品のかけらもない。偶像は地に堕ちてしまった……。

正江だって夫に不満がないわけではない。が、商売をしていれば夫婦で協力しなければならないことは山ほどある。大して役に立たないように見える夫でも、いるといないとでは大違い。周囲の見る目が違う。日本はまだまだ男社会なのだ。

正江が怜子の前では方言を使わないから、錯覚しているのかも知れないが、正江はこの土地の人間である。この街を愛し、大切に思っている。小学校に上がる年の正月、山村から初めてこの街のデパートに連れて来てもらった日の喜びは、十五歳の春に東京のにぎわいを目の当たりにしたときの感動を遙かに越えている。よそ者に田舎呼ばわりされるのは、不愉快極まりない。これ以上、わが街を貶める話など聞きたくない。

所詮、怜子は嬢ちゃん奥様だ。自分一人で世間の冷たい風をまともにうけたこともないし、自分の力では一円だって稼いだことがないではないか。姑なんて親切だったら儲けもの、意地悪だと思っていれば間違いないのだ。山の手育ちがどうだと言うのだ。大学を出たからなんだと言うのだ。

出会いから七年が経っていた。倦怠期とは、夫婦以外の間柄にも当てはまるのだろうか。ＯＧ会では相変わらず二人は大の仲好しと思われているが、すっかり気を許して、見せなくてもいい面までさらけ出してしまった怜子は、今や正江にとって重荷でしかない。

そんな正江の変化に全く気づかない怜子から、会食の誘いがあったとき、正江の意志は固まった。この機会を利用するのだ。

怜子の娘一家が帰ったあと、スナックに行くことは正江のシナリオ通りだった。最上の横に坐ったのも予定通りだ。離れて坐った最上ににじり寄って挑発したのは正江の方だった。酔いも手伝って最上は、つい手を出してしまったのだろう。これで、縁が切れる。

正江の目論見は当たった。玲子と共通の知人に会ったら、遠くをぼんやり眺めながら、寂しげな笑みを浮かべればいい。あるいは物憂い吐息をもらす。これまでの陽気で明けっぴろげな正江を知っている人たちが、好奇心もあらわに根掘り葉掘り尋ねて来る。正江は曖昧にうなずきながらも、醜聞を肯定し、別れ際に辛そうに念を押す。

「誰にも言わないでね」

そうすれば内緒話はいびつな尾鰭をつけて、勝手に広まってくれるのだ。一カ月もしないうちに噂は噂を呼び、会全体に知れ渡った。怜子は不感症のくせに嫉妬深い女。夫の最上は破廉恥な好色漢。そして正江は人の好い被害者だった。

怜子はOG会にも出て来なくなり、完全に孤立した。脱会は時間の問題だった。心の中で哄笑しながら、人前では深刻な顔つきをすれば、天下は自分について来るのだった。

狂躁の季節が少しずつ秋色を帯びて来たころ、正江は街で偶然、怜子の娘の咲子を見かけた。さりげなく視線をかわそうとした咲子を呼び止めると、正江は近くの喫茶店に誘った。戸惑った様子の咲子は両親の醜聞を知っているはずだ。

「ちょっとくらいいいでしょ。あたし、くたびれちゃったの。喉も渇いているし」

年長者の余裕を匂わせて押し通すと、咲子はおとなしくついて来た。

「コーヒーでいいかしら」

「はい」

「ケーキは、いかが」

「いいえ、結構です」

咲子の受け答えが少しずつ硬くなってゆく。そんなことには気づかぬふりで世間話をしながら、正江は咲子の表情を盗み見た。確か、三十代後半のはずだが、まるで一昔前の女学生みたいに清楚だ。怜子のときのように非常手段を用いなくても、その心を傷つけるのはたやすいことだろう。正江の思惑は良からぬ方向へ進み始めた。それに応えるように咲子が顔を上げた。

「安田さん」

静かな呼びかけだった。

「なあに」

正江はことさら悠長に構えて応じた。これから咲子が口にするであろう言葉を想像しての、ゆとりでもあった。世の穢れを全く知らないような咲子は、父の不品行と母の醜態に、どのような決着をつけるのか。あの両親の子に生まれた不幸を、どんな形で締め括るのか。残酷な愉しみを胸の内でもてあそんで、正江はワクワクした。

「どんなお話かしら。遠慮はいらないわ」

平静を装って先を促すと、咲子がまっすぐな視線を向けてきた。澄んだ瞳に見つめられて、正江はいささかたじろいだ。

この娘は両親のどちらにも似ていない。唐突にそんな思いがよぎったとき、咲子は正江が思いもしなかった言葉を口にした。

「安田さんは、そんなに母が嫌いだったんですか」

正江は狼狽を悟られないように、コーヒーカップを口に運ぼうとして、持ちそこなった。そんな自分にあわてながらも、精一杯の体裁を整えて言った。

「まあ、何を言い出すのかと思ったら……。あたしとお母さんはＯＧ会の中でも一番の仲好しだったのよ」

「わたしも、ついこの間まではそう思っていました」

ここで何か言わなければならないと思ったものの、正江は適当な言葉を見つけることができなかった。二人の間に沈黙が落ちた。水を一口飲んで、咲子が続けた。

「父が無礼な振舞いをしたとき、どうして何もおっしゃらなかったんですか。お酒が入っていたんですから、おおっぴらに座興にしてしまえば、誰も傷つかずに済んだのに。もちろん父は家に帰ってから、いいように母に毒づかれたでしょうけど、それは夫婦の問題ですから」

「そうね」

「父がしたことを棚に上げて、娘のわたしがこんなことを言うのはどうかと思うんですけど、もし、わたしが安田さんの立場なら、そうします。乾ききった夫婦関係はともかく、友人を大切に思っていたら、その人を失いたくはありませんから」

穏やかな口調でそれだけ言うと、咲子は五百円玉を置いて、立ち上がった。

ドアが閉まる音がしてまもなく、冷たい風が正江の足元を通り過ぎて行った。そろそろ山からは雪便りが届くことだろう。

ふれあい

杏子が廃屋になりかかっていた実家をリフォームしてから九年が経つ。この家に杏子は生後十カ月のときに越してきたと聞かされているが、無論そんな記憶はない。気がついたときはそこにいた、というのが実感だ。

団塊の世代の最終学年に生まれた杏子にとって、昭和三十年代はそのまま小、中学校時代に該当する。当時は周辺に同じ年ごろの子供があふれていた。杏子は弟と二人きりだが、たいていの家には三、四人の子供がいた。特にこのあたりは女の子が多くて、小学校ではどの学年にも近所の見知った顔があった。

家の裏は古くからの地主のT家の土地で、緩やかな傾斜に雑木が生えていた。その場所を子供たちは「Tの山」と呼び、冬は木々の間を擦り抜けながらスキーや橇滑りを楽しんだ。と言っても、今時の子供たちが持っているような本格的なものではない。低学年は輪っかのついた板に長靴を差し込むだけのもの。高学年は板が長くなりバネで長靴を固定する仕掛けだった。

「Tの山」にはまた枝ぶりのいい大きな楓の木があった。夏休みの午後、女の子たちはその木のもとに集まった。縦横に伸びた枝を目指して順番に登って行く。いつの間にか指定席のようにそれぞれの座る場所が決まっていたのだ。木登りができない低学年の子たちは、木の下に茣蓙を敷いてままごとや色水遊びをしていた。

あれから半世紀以上の月日が流れた。あのときの子供たちは、何処へ行ったのだろう。学業を終えて、ある人は県外に就職が決まって夜行列車で旅立って行った。市内に勤めていた人も、通勤列車で近在の町村へ出かけて行っていた人たちも、結婚して家を離れた。杏子もその中の一人だった。が、両親の死後、この家をエルミタージュと名付けて活用することに決め、月のうちの幾日かを過ごすようになったのだった。

そうして、あたりを見渡したとき、幼なじみで現在もこの地に住んでいるのは隣家の姉妹だけになっていた。そのほかの住民の多くは、杏子が結婚後に引っ越してきた人たちだ。顔を合わせれば挨拶を交わしてはいるが、定住者ではない杏子は苗字も、どこの家の人かも、ほとんど解らないままだ。

「Tの山」が整地されて新しい家族の家が建ったのは、四十数年前のことだった。女の子が二人いて、時々親戚の人が遊びにきたりして賑やかに暮らしていたようだが、近所の人の話では、娘たちが成人してそれぞれに家庭を築くと、奥さんは出て行ったという。夫婦の間に何があったのだろう。残された夫が川端で時折煙草を吸っている姿は黄昏老人そのものだった。

ある日、その人は人知れず亡くなっていた。発見したのは週に二回通って来ていたヘルパーさんだという。家が近いので訪ねてきた警察官に事情を訊かれたが、いつもいるわけではない杏子が提供できる情報はなかった。出て行った奥さんはともかく、相続人としての娘たちがいるはずなのに、家は放置されたまま雑草や雑木に取り囲まれて年々朽ちてゆく。

その男の子は小路の奥の方に住んでいるようだ。毎朝八時少し前に婆さんに付き添われて川向こうの保育園へ通っている。一昨年までは、おねえちゃんも一緒だったが、おねえちゃんは小学校へ上がったのだろう。

男の子はいつも先を歩き、婆さんは乳母のように付き従っている感じだ。いつのころからか、登園時間に顔を合わせると「おはようございます」と元気よく挨拶をしてくれるようになった。「おはよう。気をつけて行ってらっしゃい」と声をかけると「はーい」と返事が返ってくる。杏子がいつもいるわけではないことを知っているのか、二日続けて会ったりすると「きのうもあったね」などと言ってくる。そんなやりとりにも、婆さんは黒子のように一切関知しない。変な人だ。まっ、子供がかわいいから、婆さんはどうでもいいけど……。杏子は自分自身に言い聞かせるように、そう結論づけた。

ある朝、男の子は婆さんを置き去りにして川沿いの道をどんどん走り、橋の手前で立ち止ると「ここまでおいで」と言いたげに手を叩いた。だが、婆さんは立ち止ったまま動かない。玄関前にいた杏子の位置から婆さんの表情は見えないが、何も言わずにじっとしている。言葉にすれば「なめんなよ」と言いたいところだろうか。そこにはいつもの寡黙な年寄りではなく、保護者の威厳が感じられた。

やがて男の子は根負けしたように、婆さんのところへ戻ってきた。そして二人は、いつものように程よい距離を保ちながら橋を渡って行った。

ささやかな触れ合いを繰返すうちに、杏子は隣家の幼なじみから、婆さんは口がきけないのだ、ということを知らされた。そうと解れば、これまでのすべてに合点がゆく。そして口はきけなくても、先日の朝のように無言の躾ができるから、親も安心して送り迎えを任せているのだろう。

八月半ばに大雨が降った。瞬く間に川の水嵩が増してゆく。増水した川を見ていると、杏子はついつい四十五年前の水害を思い出してしまう。

川沿いの家で育った杏子にとって川の氾濫は珍しいことではなかった。夏の豪雨はいつも対岸の田圃に浸水したから他人事だったのだ。農家の人は大変だとか、実りの季節を前に気の毒だとかの、常識的な大人の感情はまだ育っていなかった。

その水田にいつのころからかポツン、ポツンと家が建ち始めた。宅地化は急速に進み、一つの町会ができあがった。家を建てるに当っては盛り土などをして水害に備えたのだろう。昭和五十年の夏の豪雨が引き起こした濁流は、対岸ではなく家の前の道路に押し寄せてきた。

悪阻の養生で実家に身を寄せていた杏子は、九十度回転して流されて行く橋や、どんどん水嵩が増して大河と化した道路を、信じられない思いで見つめていた。避難勧告というものを聞いたのも初めてだった。家は道路よりも少し高くなっていたので浸水などの被害はなかったが、二軒先の家の壁には今も濁流の爪跡が残っている。翌々年も水害があり、川は大幅に改修された。以後、氾濫したことはないが、全国の何十年に一度などという水害のニュースを聞くと、この川は大丈夫だろうか。と、心中穏やかではなくなるのだった。

九月になっても真夏を思わせる暑さが続いていた。杏子にとってこの時期の頭痛の種はアメリカシロヒトリだ。薔薇、満天星、紫式部など庭木という庭木に取り付いて葉っぱを食い荒らす。中でも水引のやわらかな葉が好物のようで、葉脈だけが網目状態に残っている。日に何度も殺虫剤を持って外に出るが、そのたびに数十匹を駆除することになる。「なにしてるの」。いつの間にかやって来た男の子が杏子の手許を見つめている。後ろにはいつもの婆さんだ。「葉っぱを食べる悪い虫をやっつけてるの」。婆さんがかすかに頷いたようだった。たとえ害虫でも子供に対して「殺す」という言葉は使いたくなかった。婆さんの思いも同じだったのかも知れない。「気をつけて行ってらっしゃい」。いつもの声をかけて、杏子は幼老コンビを見送った。

朝夕の気候が、涼しいから肌寒いに変わっても虫退治は続いた。気温の低下と共に杏子の起床時間は遅くなった。当然のことながらゴミを出しに外へ出ても男の子の登園時間は過ぎていて顔を合わせることは少なくなった。その日、ゴミ袋を手に道路へ降りると、孫を保育園に送り届けて一人で戻ってくる婆さんと会った。「おはようございます」と声をかけると、婆さんは顎を引くような仕種をした。彼女流の挨拶なのだろう。ようやく心を開いてくれたようだ。初めての出来事は、その日一日杏子を温かく包んだ。

秋が深まり、日中もストーブなしでは暮らせなくなった。住民票のある青森市と弘前市のエルミタージュを往き来している杏子が、この時期気をつけなければならないのは火の元だ。更に寒くなれば水道の凍結も心配しなければならない。そんな話をすると「水抜きしないの」などと能天気なことを言い出す人がいる。北国の厳冬期に留守宅の水抜きは常識中の常識だ。それでも、きちんと水抜きをしても、最低気温がマイナス八度や九度まで下がる日が続けば水道は凍ってしまうのだ。そうならないためにも週間天気予報を見て、寒さと降雪状況を常にチェックして来る日を決めるようにしている。

年が明けて初めての大雪の朝のことだった。道路の雪かきを終えたところへ男の子はやってきた。ガードレールの支柱のコンクリートに一箇所だけ新雪が積もったままの所があった。目ざとく見つけると男の子は、その雪が気になって仕様がない様子で立ち止っている。「落としたいの」と訊くと「うん」と答える。杏子が持っていた雪かきで一突きすると、水しぶきが上り、ドッカーンと派手な音が川から返ってきた。「わあー」と男の子が歓声をあげる。ふと振り返ると、普段は無表情の婆さんが微笑んでいる。孫の喜びに婆さんも共鳴したのだ。いや、婆さんという言い方は良くない。むっつりしていたから老けて見えたが、彼女は杏子とそんなに歳が違わないだろう。これからは刀自さんと呼ぶことにしよう。

雪と寒さの中、杏子は青森と弘前を往き来した。弘前での雪の朝は先ず、夜中にブルドーザーが道路の両脇に残して行った堅い雪を片付けることから始める。これが一仕事だが、家の前に川があるから他の地域に比べて除排雪は楽だということになる。そう、青森では数十メートル先の流雪溝まで何往復もしなければならないのだから。あっちでもこっちでも降雪に振り回されながらも、少しずつ春は近づいて来た。

三月十九日青森市花園一丁目の気象台の観測地点で積雪がゼロになった。一月十日には二〇一五年以来六年ぶりに百二十センチ超えの積雪を記録しているから、降雪量の割には春の訪れが早かったということになる。待ち焦がれた春のはずだった。それなのに例年とは違う寂しさが杏子の心に去来していた。あの男の子は今年学校へ上がるのだろうか……。もう会えないのだろうか……。

毎年四月七日が青森市の小学校の入学式である。昼過ぎに息子夫婦が大きなランドセルを背負った孫娘を連れて新入生の顔を見せに来た。今時のランドセルは高価で六、七万円するらしい。孫の希望に添って嫁さんの実家で調えてくれたものだ。孫娘の晴れ姿を嫁さんの両親も見たいだろうが、コロナ禍で自粛するしかない現状だ。考えてみたら杏子はランドセルを買ったことがない。子供たちのランドセルは姑が買ってくれたのだった。

息子一家が帰ったあと、杏子は弘前の入学式は毎年六日だったことを思い出していた。あの男の子も背中からはみ出しそうなランドセルを背負って学校へ行ったのだろうか。これからは弘前へ行く足取りが少し重くなりそうだ。

年度が改まって初めてエルミタージュで迎えた金曜日の朝、ゴミ出しに出ると小路の方から声が聞こえてきた。「みぎをみて、ひだりをみて、もっかいみぎをみて……」。

あの男の子だった。そうか。しっかりしているから新一年生かと思ったら、今年も保育園なんだ。もう一年成長を見守ることが出来るんだ。現金なもので急に心が弾みだす。何事もなかったかのように男の子がやって来た。おはようの挨拶をして一旦通り過ぎた男の子が杏子を振り返って何か言ったようだ。が、マスク越しなのでよく聞こえない。「えっ、なあに」問い返すと、男の子は片足を上げて嬉しそうに言った。「くつ、あたらしくなった」。「そう、よかったね」と言いながら振り返ると、後ろにいる刀自さんが、声にならない声を立てて笑っていた。

花暦

その人の視線が気になり始めたのは、いつごろからだったろうか。人品卑しからぬ老紳士。年のころは八十歳前後だろうか。杏子の家の前の通りが、散歩のコースになっているらしく、ゴミ出しの折に見かけるようになっていた。

その人が、遠慮がちにだが、家と杏子を見比べているように感じるのは、思い過ごしではないような気がする。そうして二カ月ほど経ったある朝、偶然目が合ったときに「おはようございます」と声をかけられたので、同じ言葉を返してから、挨拶程度の言葉を交わすようになった。

五月最後の火曜日のことだった。ゴミ袋を手にドアを開けると、道端にその人が佇み玄関前に植えられた蔓薔薇を見上げていた。昨日から紅い花が咲き始め、猫の額のような庭に華やぎをもたらしてはいたが、格別珍しい花ではない。杏子に気づくと、その人は照れたような笑みを浮かべて言った。

「こちらは以前、杉見さんという方のお宅だったと思うのですが……」

「杉見は、わたしの両親ですけど」

「そうでしたか。それで今、ご両親は」

「母は五年前に亡くなりました。父はそれより十二年前ですから、十七年になります」

「そうだったんですか。きれいな奥さんでしたが、お亡くなりになったのですか。いや、ずっと気になっていたもので。失礼いたしました」

それだけ言うと、その人はそそくさと立ち去った。両親の知り合いだろうか。だが、二人の他界は知らなかった。ということは古い知り合いで、最近は疎遠になっていたということなのだろうか。


杏子が結婚によって家を離れたのは二十四歳のときだから、四十年前のことになる。結婚後も実家にはよく来ていたので両親の交遊関係は大体掌握していたつもりだが、すべてを知り尽くしていたわけではない。家族ぐるみで付き合っていた昔からの知人のほかは、母が通っていた書道教室の関係者と電話局のモニターOG会の人たち、父の元同僚や麻雀仲間くらいだ。あの人はそのいずれでもなさそうだ。

母が三年あまり病院と介護老人保健施設を行き来した末に他界した時点で、遺された家をどうするか、杏子は何も考えてはいなかった。その昔、まだ小学生の杏子に母は言った。この家は弟が継ぐのだから、半分寄こせなどと言ってはいけない、と。

それは祖父の死後、父の姉である伯母たちが祖父の貯金通帳があるはずだと家探しをした挙句、汲み取り式だったトイレの汲み取り口から長い棹を突っ込んでかき回してまで探すという醜態を演じたからのようだが、杏子の心には「欲しがりません」という意識と共に、抜けない棘のような痛みとして刻まれたのだった。だから、横浜市郊外のマンションに住む弟が別荘として使うのなら、何の異存もなかったのだ。

母の一周忌が過ぎたら家を処分するつもりだ、と弟が言い出したのは四十九日の法要の席だった。だが、住宅街とはいえ今どき三十坪に満たない細長い土地に買い手はつかないだろう。敷地いっぱいに建っている二階家は部屋数はあるものの老朽化していて、そのままでは人に貸すこともできない。

「駐車場くらいにしかならないな」

亡母の思いを知ってか知らずか、家への愛着など全くなさそうな口調で弟は言った。

六十四年前、父がささやかな土地を求め、職場の互助会から借金をして家を建てることになったのは、それまで住んでいた借家から追立てをくったからだった。その借金の返済には、生まれて間もない杏子が高校を卒業するまでかかるという、両親にとっては気の遠くなるような船出だった。他人の目には、吹けば飛ぶような廃屋かも知れないが、この家には両親の長年の思いが沁み込んでいる。その場所を更地にして、コンクリートで固めてしまうなんて……。

弟は東京の大学へ進学するために十八歳で家を出た。卒業後は首都圏の会社へ就職し、大学の同級生と結婚した。学生時代も結婚してからも年に一、二回は帰省していたが、ずっと県内に留まり両親や実家を身近に感じてきた杏子の思いとは違うのも致し方ないことなのかも知れない。

親が残した不動産は負動産、と言われるようになって久しい。現に近所の二軒がすでに駐車場になっていた。一方で、売り家の札をたてたまま何年も放置され、荒廃の一途を辿っている家もある。両親が苦労して築いたものを、そんな殺風景な場にはしたくない。少なくとも自分が生きているうちは……。

「駐車場にするくらいなら、わたしが欲しい」

言った途端に、杏子は半世紀以上前の母の言葉を思い出した。しかし、弟はいらないと言っているのだ。

二人で話し合った末に、土地家屋、それに家の中にある仏壇を含むガラクタ一切を杏子が相続することになった。そして亡母の一周忌を終えたら、自分のための空間としてリフォームすることにした。

母を見送る前の年に夫は定年退職。また下の子である息子も伴侶を得た。還暦を目前にして杏子は妻、母、娘の三つの役割を卒業したのだった。これまでは家族のために自分を抑えてきた部分が少なからずあった。だが、これからの人生は自分のことを第一に考えることにしよう。残された時間は決して多くはないし、いつまで健康でいられるかも判らないのだから。

親の遺産でリフォームした弘前市の家に、住民票のある青森市から月に三回程度杏子はやってくる。

「旦那さんは、どうしてるの」

良妻賢母型の知人は心配そうな顔をして訊いてくるが、杏子は平然と応える。

「マイペースでやってるみたい」

四十年の夫婦生活で夫も学習したのだ。杏子がやろうとしていることに反対すれば、あのときこのときの聞きたくもない昔話を、どれだけ聞かされるか解らないということを。それに夫自身、テレビや電気をつけっ放しにして高鼾をかいていても文句を言う者がいない独りの気楽さを、愉しんでいるようでもあるのだ。退職後、掃除は自分の役目と心得ているし、料理作りは趣味の一つなのに、杏子は夫が台所を荒らすのを好まない。だが、留守ならば思いのまま使える。つまり、妻の遊山は夫の遊山というわけなのだ。

六月になって蔓薔薇は次々に花を咲かせた。ある朝、ゴミ袋を手に外へ出た杏子を待っていたかのように、その人は言った。

「前は薔薇のアーチになってましたよね」

玄関から道路へ下りるための通路の両側に蔓薔薇は植えられていた。家を改築した当初は、その脇にポールが立ち頭上で左右の花が出会ってアーチになる仕組みだった。今は左側の木は空に向って好き勝手に枝を伸ばしているが、右側は去勢されたようにちんまりと花をつけているだけだ。

「アーチは大分前に壊れちゃったんです。薔薇園に問い合わせたら、もう廃業していて部品はないし、修理も補強もしてもらえなくて」

「歳月というものでしょうなあ。薔薇のアーチの下で微笑んでいたお母さんはヴィーナスのようでした」

その人は感慨深げに言ったが、杏子の胸には思わず知らず小波が立っていた。

母は華やかなもの、目立つことが好きだった。花なら桜、木蓮、牡丹、芍薬、芙蓉、槿……。母が育った家には二メートルにも及ぶ藤棚があったと藤の季節になるたびに聞かされた。だが、今の手狭な庭でできることは限られている。それで蔓薔薇のアーチと、紅葉が美しい満天星の生垣を選んだのだろう。母とは対照的に杏子は、アザミやリンドウなど野の花に近いものに親しみを覚える。

杏子が留守にしている間も薔薇は間断なく咲き続けて、その人の目を楽しませていたようだ。杏子の住まいは青森で、この家には月に三回ほど来ることを、その人はいつの間にか知ったようだった。

八月十三日の早朝に杏子は、歩いて十五分ほどの所にある実家の菩提寺へ墓参りに行った。婚家の墓には十二日に詣で、その夜のうちに弘前へ来るのがここ数年の慣わしになっていた。青森では九十七歳の姑が健在だし、夫の同胞もそろっているが、弘前の墓守は杏子以外にいないからだ。帰宅してからシャワーを使い、朝食後に一息ついていると、インターホンが鳴った。画面にはその人が映っている。驚いてドアを開けると、その人は言った。

「お盆なので、お線香を上げさせていただきたいのですが」

思いがけない言葉に虚を衝かれた思いでいると、その人は取り繕うように言った。

「すぐに失礼しますから」

顔見知りではあったが、考えてみればよく知らない人だった。悪い人ではなさそうだが、人は見かけによらないとも言う。女の独り住まいだ。老人だからと言って油断してはならない。第一、まだ名前すら知らないのだ。

「あのう、母とはどういうお知り合いでしょうか。お名前もまだ伺っていませんし」

「これはうっかりしてました。佐伯と申します」

そう言って差し出された名刺には《自悠人　佐伯賢悟》とだけ書かれていた。

「じゆうじん、ですか」

「悠々自適を入れ替えました。お母さんには二十八年前、こちらに単身赴任していたときに親切にしていただきました」

それ以上問い質すのも悪いような気がして、杏子はドアの内に招き入れ、来客用のスリッパを揃えた。

その人、否、佐伯氏は持ってきた鳩サブレを仏壇に供えてから線香を上げた。

「母の好物を、よくご存じで」

ソファーを勧め、冷えた黒豆茶を出しながら杏子は言った。

「私も神奈川県出身なので。向こうの話をすると、お母さんは実に嬉しそうにしておられました」

それだけ告げると佐伯氏は最初の言葉通り、静かに立ち上がり、玄関へ向かった。

佐伯氏を見送ったあと、杏子はぼんやりと越し方を思い返した。二十八年前は、夫の転勤で杏子一家が弘前から青森へ引っ越した年だ。それまで同じ市内にいたので、母が急に寂しくなったことは否定できない。特に初孫である娘への思いが深かったようで、娘を抱きしめると涙をあふれさせた。その心の隙間を埋めるように、同郷の佐伯氏が現れたということなのか。しかし、一体どんな形で……。

九月になっても真夏の暑さが続いていたが、中旬になると朝夕には忍び寄る秋の気配が感じられるようになった。虫の音がすだき、空を見上げれば雲は秋の様相を呈している。杏子が弘前の家へ来たのは二週間ぶりのことだった。庭は季節のバトンタッチを終えたようで、いずれも秋の字を冠した白い秋明菊とピンクの秋海棠が競い合い、水引の赤が両者の間で揺れていた。そんな庭の片隅に彼岸花の花芽が出始めている。今年も秋影の季節になったのだ。あと十日もすれば花が咲くだろう。

彼岸花は三十年ほど前に亡母が両親の墓地がある下曽我から持ち帰ったものだ。勇んで自宅庭へ移植したものの翌年花に会うことは出来なかった。翌々年も花は咲かなかった。そんな状況の中で彼岸花の北限は山形県だと知った母は、花に対して可哀想なことをしたと語っていた。横浜市から本州最北の地へ嫁いで、風土や風習になじめず辛い日々を過ごした自分自身と重ね合わせていたのかも知れない。

物の本によれば、彼岸花は有史以前の帰化植物で、原産地は中国だという。万葉集にも一首だけ「いちしの花」として収められている

道の辺の壱師の花のいちしろく人皆知りぬ我が恋妻は（巻十一・二四八〇）

ここに詠まれている「壱師の花」には諸説あったが、彼岸花ということで落ち着いたようだ。曼珠沙華という別称はよく知られているが、ほかに天蓋花、死人花、捨子花、剃刀花、燈籠花、地獄花など彼岸を連想させる呼び名が多いようだ。

さて、亡母が移植した彼岸花だが、数年後、場所になじんだのか花が咲き始めた。繰返す季節と共に球根が増え、毎年九月下旬から十月上旬にかけて十数本から二十本の花を咲かせるようになっていた。

「ずいぶん増えましたね」

声に驚いて顔を上げると、佐伯氏だった。お盆に線香を上げにきてくれて以来だから、一カ月半ぶりのことだった。

「下曽我のお墓から持ち帰ったんでしたな」

「はい、そのように聞いております」

同じ神奈川県出身だと言っていたが、この人は母のことをどれくらい知っているのだろう。出会いのきっかけも親しさの程度も解らないままだ。それに、なぜ二十数年ぶりに当地にいるのだろう。訊きたいことはたくさんあるのに、話の糸口が摑めないまま秋は深まり、生垣の満点星の紅葉が始まった。

その朝の冷え込みは厳しかったが、日が昇るにつれて穏やかな暖かさが広がってきた。コートの襟を立て、ゆったりとした足取りで近づいてきた佐伯氏は生垣の前で立ち止まった。

「見事に紅葉しましたね」

「はい、お蔭様で」

「雪国に満天星は合わないと、樹木に詳しい皮膚科の医者に言われたそうですが」

そんなことまで聞いているのか。杏子の問いかけるような眼差しには構わずに佐伯氏は言葉を続けた。

「温暖化で植物の北限は大幅に北上しました。あと何十年か経てば青森は林檎ではなく蜜柑の名産地になっているかも知れない」

佐伯氏の話を聞きながら杏子は生まれて初めて樹に生っている蜜柑を見た日のことを思い出していた。母と一緒に下曽我の祖父母のお墓参りに行った帰りの風景だ。三十数年も前のことだが、そのときの感動は今も心に残っている。でも、幼いころから見慣れている林檎の樹が蜜柑の樹に替わるとしたら……。

そんなことは考えたくもない。絶対にいやだ。今は住宅地になっているが、杏子が通った小学校も中学校も林檎畑に囲まれていた。高校は林檎公園の裏の方にあったから、秋になると四時間目がロングホームルームのときはお弁当を持って、他人様の林檎畑を通り抜けて、裏からすり鉢山へ登ったものだ。

「これは、つまらん話をしてしまいました」

急に黙り込んだ杏子に笑みを向けると、佐伯氏は街の方へ歩いていった。

十一月半ばに初雪が降り、やがて紅葉した葉も散り、朽ちていった。十二月初めに、例年通りシルバー人材センターから雪囲いの人が来てくれて庭は冬籠りに入った。

春三月、雪解けが始まった庭に真っ先に出てくるのはクロッカスだ。満天星の生垣の間から稚い緑色がツンツン飛び出してくる。やわらかな陽射しを浴びて少し背が伸びたころ、思い出したように雪になる。春の淡雪はすぐに消え、降って、融けてを繰返しているうちに、はかなげだった新芽は天に向って万歳をする形に育つ。中心にはすでに莟を抱いている。黄、白、薄紫、紫……。花の色を占うのも愉しみの一つだ。

近所の人たちは「杉見さんのクロッカスが春の始まり」と言ってくれる。杏子は婚家の志村という表札を掛けているが、近所の住人にとっては、今でも杉見家なのだ。

「かわいく咲きましたね」

四カ月ぶりの佐伯氏の訪れだった。

「福寿草よりもクロッカスの方が春を呼び込む花のような気がします」

「そうでしょうか。水栽培のあとに埋めたものなんですけど」

毎年、秋になると母は球根を買ってきて水栽培の準備を始めた。ヒヤシンスは縦型のポットに一つずつ。クロッカスは三個入りの平たいポットだ。根が出るまで冷暗所へ置くのは、土の中と同じ環境にするということらしい。根が充分に伸びきったところで明るい窓辺へ移す。

そうやって花を咲かせ、花が終った球根は庭の一隅に埋めて、秋にはまた新しい球根を買ってくる。そんな幾春秋の積み重ねが、春のことぶれとして、今開花しているのだ。

「雪国の人たちが春を待ちわびる気持ちはよく解ります。しかし、雪のないところに育った者が、この地へ来て雪の深さと寒さに耐えて、今か今かと春に焦がれる思いは、それ以上なんですよ」

「そうでしょうね。だから母は春を手繰り寄せるような気持ちで水栽培をしていたんだと思います」

「クロッカスの花言葉を知っていますか」

「いいえ」

「切望、だそうです」

母は花言葉を知らなかったような気がする。もし知っていたら、春を待ち焦がれる自分の気持とぴったりだと、くどいくらいに話したに違いない。

雪がすっかり消えて、クロッカスが咲ききると、いよいよ芝桜の出番だ。この花は母が嫁ぐときに横浜市港北区の実家から持ってきたものだから、杏子よりも長命だ。北国へ連れてきた一株は、先ず父とその両親の居宅だった借家の玄関脇に植えられた。それから四年後、借家から二キロほど離れたこの地へ移植された。歳月の中で芝桜は着実に増えていった。葉桜の季節、道路に面した一帯がピンクに染まるのは、遠目にも鮮やかだった。今でこそ車道のアクセントとして、あちこちで見られる芝桜だが昔は珍しかった、とは隣家の幼なじみの話である。

長命を保ってきた芝桜だが、実は絶滅の危機に瀕したことがある。母が病院と介護老人保健施設を往き来していた三年余りの間、家や庭は放置状態だった。病院も施設も方角が違うので、杏子は家の面倒までは見られなかったのだ。老朽化して隙間だらけの上に風を通さない家には虫が入り込んだ。月一回二泊三日の日程で介護帰省する弟が、芝桜の根元がワラジムシの巣になっているから花を処分すると言ってきたとき、家のために何もしていない杏子は否とは言えなかった。

お骨になった母が帰ってきた家には、弟の処分を免れた芝桜が往時とは比べ物にならない儚さで数カ所に散らばっていた。その花たちが群生するように、杏子は手入れをしてきたのだった。そんな年月を知らない佐伯氏はポツリと言った。

「以前はもっと豊かで、ふくらみがあったような気がします」

花の受難を話す気にはなれず、杏子は曖昧な笑みを浮かべて、その場をやり過ごした。

五月になって椿が咲き出した。木偏に春と書くように、よそでは四月中に咲いているのに、この家の椿は五月にならないと咲かない。一本の樹に赤とピンクの絞りの二種類が咲き、花も大きめだ。椿は五月いっぱい咲き続け、蔓薔薇にあとを託す。佐伯氏と薔薇のアーチの話をしてから一年が経ったことになる。

そして再び廻ってきた八月十三日、昨年同様に鳩サブレを携えて佐伯氏はインターホンを鳴らした。去年と違うのは杏子の内に佐伯氏の来訪を待ちわびる気持ちが芽生えていたことだった。

鳩サブレを供え線香を上げて帰ろうとした佐伯氏を押し止めて杏子は言った。

「母とは、どんなふうにしてお知り合いになったのでしょうか」

「弘前で迎えた初めての冬のことでした」

と、佐伯氏は話し始めた。寒気が緩んで午後から雪が融け始め道路はグチャグチャになっていた。不慣れな雪道を歩いていると、後ろから来た車が雪解け水を盛大に浴びせて走り去った。

「それが、この家の前でした。たまたま外にいたお母さんは車のナンバーを覚えていて警察に通報してくれた上にタオルも貸してくれました」

後日、鳩サブレを持って、お礼の挨拶に来たときに、同県人だということが解り親しみを感じて、時々訪ねるようになった。二年後に本社へ転勤になった折には挨拶状を出し、年賀状のやりとりもしていたが、親を亡くして喪中欠礼の葉書を出したあたりから仕事も忙しくなり、心ならずも疎遠になってしまった。昨年息子がこちらの大学へ奉職することになった。妻に先立たれていたので、息子が一緒に行かないかと声をかけてくれた。それで懐かしい地へ同行することにした。

そう話したあとで、佐伯氏は杏子を見つめて言った。

「やはり、お母さんの面影がありますね」

いつになく優しい眼差しを向けられて、これまでなだめていた感情が杏子の内部で弾けた。私は母の代用品か。この人は私の中に母を見ているのか。

「そんなはずはありません。わたしは父親似のブスだと言われて育ったんですから」

母は杏子がいる前で平然と言ってのけた。この子は父親似のブスなのよ、と。友達も言った。お母さんに似ればよかったのに、と。そんな自分に母の面影などあるはずがないではないか。

「ブスなんて言葉を使ってはいけない。それはトリカブトの毒が回ったときの表情をさしたものなのですよ」

それだけ言うと佐伯氏は立ち上がったが、杏子は見送らなかった。

したのは私じゃない、母だ。あなたがヴィーナスと崇めた母だ。

その後も佐伯氏は何事もなかったかのように顔を見せた。あのこと、このことみんな話して佐伯氏が信じるヴィーナスの仮面を剥がしてやろう。そう思って杏子は待ち構えているのだが、そんな思惑を知ってか知らずか、佐伯氏は杏子が付け入る隙を見せなかった。

そうして、幾つもの季節が過ぎていった。

類稀なほど雪の少ない冬が終わろうとしているころ、これまた類稀なウイルスが世間を騒がせていたが、そんなことにはお構いなしに花々は季節を敏感に感じ取って、狭い庭を彩った。が、クロッカスが咲いても、芝桜がほころんでも、椿が開き、蔓薔薇が笑み割れても、そこに佐伯氏が姿を見せることはなかった。

どうしたのだろう。元気そうに見えたが高齢だし、もしかして……。

不吉な想像をしながら、そのときになって初めて杏子は佐伯氏の訪れを心待ちにしていたことに気づいた。慕情とは少し違う。保護者に対する甘えのような感情、とでも言えばいいのだろうか。会いたかった。ただ、会いたいと思った。だが、以前受け取った名刺には《自悠人　佐伯賢悟》とあるのみで住所も電話番号も書かれてはいない。どこに住んでいるのかさえ解らないままなのだ。

そんなある朝、地元紙を開いた杏子は、そこに佐伯氏の名前を見つけた。

『父佐伯賢悟　病気療養中のところ……』と始まる死亡広告には、葬儀は身内で済ませたと書かれていた。それは仕方がないことだと思いながら、末尾の住所を見て、杏子は愕然とした。佐伯氏は、この近所に住んでいるような口ぶりだったが、現実の目が読み取った場所は杏子の家から数キロ離れた地域だった。

あとがき

二〇二二年、六度目の干支が巡ってきて七十二歳になりました。ふっと、七度目は来るのだろうか。仮に来たとしても、そのとき健康でいられるのだろうか。と、いくつかの疑問符が浮かんで来ました。そして両親が遺した家のことも……。

私が健康でなければ家を維持することは困難になります。命あるものはいつかは滅び、形あるものはいつかは崩れるのが宿命です。ならば、今のうちに家への思いを含めた創作作品を遺しておこう、と思い立ちました。家に因んで書名はズバリ、「川沿いの家」。川に橋はつきものです。それで旧知の松木俊輔さんに、橋の写真についてお訊ねしたときに見せてくださったのが、カバー写真です。十三湖に一番近い橋で「内潟大橋」だと教えてくださいました。

小説集を出すことについて、ためらいがなかったわけではありません。かつて「エッセイはうまいけど……」と、青森ペンクラブ元副会長の吉田和平さんに言われたことがいつも念頭にあります。これはエッセイを誉めてくださったわけではなく、言外に小説の不備を指摘されたのでした。どうすれば小説になるか解らないと言った私に「嘘を書けばいい」と答えてくださったのは、北の街社創業者の齋藤せつ子さんでした。お二人は彼岸へ旅立ってしまわれましたが、今も私の心の中では生き続けています。今回の作品集に対してお二人はどんな評価をしてくださるでしょうか。いくらか上手に嘘をつけるようになったでしょうか。それは、私があちら側へ逝ってから伺う楽しみにしたいと思います。

二〇二三年一月

千葉　由紀子

《初出一覧》

「望郷」　　文ノ楽17号　2018年３月
「川沿いの家」　　文ノ楽15号　2015年３月
「白髪」　　東奥日報十枚小説入選作　1995年12月30日
「あらたまの」　　東奥日報新春短編小説　1997年１月８日
「仕事」　　北の街　1993年7月号
「火曜日のドア」　　文芸さろん№１　2014年８月
「追懐」　　おかじょうき　2012年２月号（露木沃子名義）
「遠い声」　　文ノ楽14号　2013年11月
「老醜」　　文ノ楽５号　2004年１月
「あなたと共に」　　文芸さろん№５　2018年７月
「栗」　　おかじょうき　2012年11月号（露木沃子名義）
「天網」　　文ノ楽10号　2008年11月
「ふれあい」　　文ノ楽21号　2021年10月
「花暦」　　文ノ楽20号　2020年10月

《著者略歴》

千葉由紀子（ちば・ゆきこ）

1950年３月18日　弘前市生まれ
1991年　デーリー東北新春短編小説入選
1995年　東奥日報十枚小説入選
2007年10月10日　エッセイ集「野辺に咲く」
（北の街社）刊行
2015年３月18日　エッセイ集「六枚の葉書」
（北の街社）刊行
同書は2016年度日本自費出版文化賞入選

現住所　030-0852　青森市大野若宮55
（2023年５月末日まで）
e-mail chiba_kurou25@hotmail.co.jp
エルミタージュ
036-8227　弘前市桔梗野1-21-16

川沿いの家

二〇二三年二月十九日発行

著　者　千葉由紀子
発行者　斎藤　孝幸
発行所　北の街社
弘前市鷹匠町七七―三五　〒〇三六―八二七一
電話　〇一七二―八八―五〇六四
印刷所　小野印刷
ISBN978-4-87373-193-3